Tucholsky Wagner   el
    Turgenev   Wallace   ·ußen
        Twain   Walther von ·
              Weber
Fechner   ..mel
      Fichte Weiße Rose von I
        Engels   Fie   Tacitus   Dumas
    Fehrs   Faber   Eliasberg   Ebner Eschenbach
  Feuerbach Maximilian I. von Habsburg Fock   Zweig
              Ewald   Eliot   Vergil
      Goethe   Elisabeth von Österreich   London
Mendelssohn Balzac Shakespeare
    Trackl   Lichtenberg Rathenau Dostojewski Ganghofer
            Stevenson   Hambruch Doyle   Gjellerup
  Mommsen   Tolstoi   Lenz   Droste-Hülshoff
      Thoma   Hanrieder
Dach   Verne   von Arnim Hägele Hauff   Humboldt
    Karrillon Reuter   Rousseau Hagen   Hauptmann   Gautier
            Garschin   Baudelaire
      Damaschke Defoe   Hebbel
              Descartes   Hegel Kussmaul Herder
Wolfram von Eschenbach   Schopenhauer
    Bronner   Darwin Dickens   Rilke   George
          Melville   Grimm Jerome   Bebel   Proust
      Campe   Horváth Aristoteles
Bismarck Vigny   Voltaire Federer
            Gengenbach   Heine   Herodot
  Storm Casanova   Tersteegen   Gilm Grillparzer Georgy
      Chamberlain Lessing Langbein   Gryphius
Brentano   Lafontaine
  Strachwitz Claudius Schiller   Iffland Sokrates
      Katharina II. von Rußland Bellamy Schilling Kralik
              Gerstäcker Raabe Gibbon   Tschechow
Löns   Hesse Hoffmann   Gogol   Wilde Gleim Vulpius
  Luther Heym Hofmannsthal Klee Hölty Morgenstern
      Roth   Goedicke
  Luxemburg Heyse Klopstock Puschkin Homer   Kleist
          La Roche   Horaz   Mörike   Musil
    Machiavelli   Kierkegaard Kraft Kraus
Navarra Aurel Musset
  Nestroy Marie de France Lamprecht Kind Kirchhoff Hugo Moltke
      Nietzsche Nansen Laotse Ipsen Liebknecht
  von Ossietzky Marx Lassalle Gorki Klett Leibniz Ringelnatz
        May   vom Stein Lawrence   Irving
  Petalozzi Platon Pückler Michelangelo   Knigge Kafka
    Sachs Poe   Liebermann Kock Korolenko
      de Sade Praetorius Mistral   Zetkin

Othello

Wilhelm Hauff

Impressum

Autor: Wilhelm Hauff
Umschlagkonzept: Buchgut, Berlin

Verlag: tredition GmbH, Mittelweg 177, 20148 Hamburg
ISBN: 978-3-8424-6860-3
Printed in Germany

http://www.tredition.de/projekt-gutenberg
http://projekt.gutenberg.de

Text der Originalausgabe

Wilhelm Hauff

Othello

Wie? Wann? und Wo? Die Götter bleiben stumm!
Du halte dich ans Weil, und frage nicht Warum?
Goethe

1.

Das Theater war gedrängt voll; ein neuangeworbener Sänger gab den Don Juan. Das Parterre wogte, von oben gesehen, wie die unruhige See, und die Federn und Schleier der Damen tauchten wie schimmernde Fische aus den dunkeln Massen. Die Ranglogen waren reicher als je, denn mit dem Anfang der Wintersaison war eine kleine Trauer eingefallen, und heute zum erstenmal drangen wieder die schimmernden Farben der reichen Turbans, der wehenden Büsche, der bunten Schals an das Licht hervor. Wie glänzend sich aber auch der reiche Kranz von Damen um das Amphitheater zog, das Diadem dieses Kreises schien ein herrliches, liebliches Bild zu sein, das aus der fürstlichen Loge freundlich und hold die Welt um und unter sich überschaute. Man war versucht zu wünschen, dieses schöne Kind möchte nicht so hoch geboren sein, denn diese frische Farbe, diese heitere Stirne, diese kindlich reinen, milden Augen, dieser holde Mund war zur Liebe – nicht zur Verehrung aus der Ferne geschaffen. Und wunderbar, wie wenn Prinzessin Sophie diesen frevelhaften Gedanken geahnet hätte – auch ihr Anzug entsprach diesem Bilde einfacher, natürlicher Schönheit; sie schien jeden Schmuck, den die Kunst verleiht, dem stolzen Damenkreis überlassen zu haben.

»Sehen Sie, wie lebendig, wie heiter sie ist«, sprach in einer der ersten Ranglogen ein fremder Herr zu dem russischen Gesandten, der neben ihm stand, und beschaute die Prinzessin durch das Opernglas; »wenn sie lächelt, wenn sie das sprechende Auge ein klein wenig zudrückt und dann mit unbeschreiblichem Reiz wieder aufschlägt, wenn sie mit der kleinen niedlichen Hand dazu agiert – man sollte glauben, aus so weiter Ferne ihre witzigen Reden, ihre naiven Fragen vernehmen zu können.«

»Es ist erstaunlich!« entgegnete der Gesandte.

»Und dennoch sollte dieser Himmel von Freudigkeit nur Maske sein? Sie sollte fühlen, schmerzlich fühlen, sie sollte unglücklich lieben und doch so blühend, so heiter sein? Gnädige Frau!« wandte sich der Fremde zu der Gemahlin des Gesandten, »gestehen Sie, Sie wollen mich mystifizieren, weil ich einiges Interesse an diesem Götterkinde genommen habe.«

»Mon dieu! Baron«, sagte diese mit dem Kopfe wackelnd, »Sie glauben noch immer nicht? Auf Ehre, es ist wahr, wie ich Ihnen sagte; sie liebt, sie liebt unter ihrem Stande, ich weiß es von einer Dame, der nichts dergleichen entgeht. Und wie? meinen Sie, eine Prinzeß, die von Jugend auf zur Repräsentation erzogen ist, werde nicht Tournüre genug haben, um ein so unschickliches Verhältnis den Augen der Welt zu verbergen?«

»Ich kann es nicht begreifen«, flüsterte der Fremde, indem er wieder sinnend nach ihr hinsah; »ich kann es nicht fassen; diese Heiterkeit, dieser beinahe mutwillige Scherz – und stille, unglückliche Liebe? Gnädige Frau, ich kann es nicht begreifen!«

»Ja, warum soll sie denn nicht munter sein, Baron? Sie ahnet wohl nicht, daß jemand etwas von ihrer meschanten Aufführung weiß; der Amoroso ist in der Nähe –«

»Ist in der Nähe? o bitte, Madame! zeigen sie mir den Glücklichen, wer ist er?«

»Was verlangen Sie! Das wäre ja gegen alle Diskretion, die ich der Oberhofmarschallin schuldig bin; mein Freund, daraus wird nichts. Sie können zwar in Warschau wieder erzählen, was Sie hier gesehen und gehört haben, aber Namen? Nein, Namen zu nennen in solchen Affären, ist sehr unschicklich; mein Mann kann dergleichen nicht leiden.«

Die Ouvertüre war ihrem Ende nahe, die Töne brausten stärker aus dem Orchester herauf, die Blicke der Zuschauer waren fest auf den Vorhang gerichtet, um den neuen Don Juan bald zu sehen; doch der Fremde in der Loge der russischen Gesandtschaft hatte kein Ohr für Mozarts Töne, kein Auge für das Stück; er sah nur das liebliche, herrliche Kind, das ihm um so interessanter war, als diese schönen Augen, diese süßen, freundlichen Lippen heimliche Liebe kennen sollten. Ihre Umgebungen, einige ältere und jüngere Damen, hatten zu sprechen aufgehört; sie lauschten auf die Musik; Sophiens Augen glitten durch das gefüllte Haus, sie schienen etwas zu vermissen, zu suchen. »Ob sie wohl nach dem Geliebten ihre Blicke aussendet?« dachte der Fremde; »ob sie die Reihen mustert, ihn zu sehen, ihn mit einem verstohlenen Lächeln, mit einem leisen Beugen des Hauptes, mit einem jener tausend Zeichen zu begrüßen, welche stille Liebe erfindet, womit sie ihre Lieblinge beglückt, bezaubert?« Eine schnelle, leichte Röte flog jetzt über Sophiens Züge, sie rückte den Stuhl mehr seitwärts, sie sah einigemal nach der Türe ihrer Loge; die Türe ging auf, ein großer, schöner junger Mann trat ein und näherte sich einer der älteren Damen; es war die Herzogin F., die Mutter der Prinzessin. Sophie spielte gleichgültig mit der Brille, die sie in der Hand hielt; aber der Fremde war Kenner genug, um in ihrem Auge zu lesen, daß dieser und kein anderer der Glückliche sei.

Noch konnte er sein Gesicht nicht sehen; aber die Gestalt, die Bewegungen des jungen Mannes hatten etwas Bekanntes für ihn; die Fürstin zog ihre Tochter ins Gespräch, sie blickte freundlich auf, sie schien etwas Pikantes erwidert zu haben, denn die Mutter lächelte, der junge Mann wandte sich um, und – »mein Gott! Graf Zronievsky!« rief der Fremde so laut, so ängstlich, daß der Gesandte an seiner Seite heftig erschrak und seine Gemahlin den Gast krampfhaft an der Hand faßte und neben sich auf den Stuhl niederriß.

»Um Himmels willen, was machen Sie für Skandal«, rief die erzürnte Dame; »die Leute schauen rechts und links nach uns her; wer wird denn so mörderisch schreien? Es ist nur gut, daß sie da unten gerade ebenso mörderisch gegeigt und trompetet haben, sonst hätte jedermann Ihren Zronievsky hören müssen. Was wollen Sie nur von dem Grafen? Sie wissen ja doch, daß wir vermeiden, ihn zu kennen!«

»Kein Wort weiß ich«, erwiderte der Fremde; »wie kann ich auch wissen, wen Sie kennen und wen nicht, da ich erst seit drei Stunden hier bin. Warum vermeiden Sie es, ihn zu sehen?«

»Nun, seine Verhältnisse zu unserer Regierung können Ihnen nicht unbekannt sein«, sprach der Gesandte; »er ist verwiesen, und es ist mir höchst fatal, daß er gerade hier und immer nur hier sein will. Er hat sich unverschämterweise bei Hofe präsentieren lassen, und so sehe ich ihn auf jedem Schritt und Tritt, und doch wollen es die Verhältnisse, daß ich ihn ignoriere. überdies macht mir der fatale Mensch sonst noch genug zu schaffen; man will höheren Orts wissen, wovon er lebe und so glänzend lebe, da doch seine Güter konfisziert sind; und ich weiß es nicht herauszubringen. Sie kennen ihn, Baron?«

Der Fremde hatte diese Reden nur halb gehört; er sah unverwandt nach der fürstlichen Loge; er sah, wie Zronievsky mit der Fürstin und den andern Damen sprach, wie nur sein feuriges Auge hin und wieder nach Sophien hinglitt, wie sie begierig diesen Strahl auffing und zurückgab. Der Vorhang flog auf, der Graf trat zurück und verschwand aus der Loge; Leporello hub sein Klagen an.

»Sie kennen ihn, Baron?« flüsterte der Gesandte; »wissen Sie mir Näheres über seine Verhältnisse –«

»Ich habe mit ihm unter den polnischen Lanciers gedient.«

»Ist wahr; er hat in der französischen Armee gedient; sahen Sie sich oft? kennen Sie seine Ressourcen?«

»Ich habe ihn nur gesehen«, warf der Fremde leicht hin, »wenn es der Dienst mit sich brachte; ich weiß nichts von ihm, als daß er ein braver Soldat und ein sehr unterrichteter Offizier ist.«

Der Gesandte schwieg; sei es, daß er diesen Worten glaubte, sei es, daß er zu vorsichtig war, seinem Gast durch weitere Fragen Mißtrauen zu zeigen. Auch der Fremde bezeugte keine Lust, das Gespräch weiter fortzusetzen; die Oper schien ihn ganz in Anspruch zu nehmen; und dennoch war es ein ganz anderer Gegenstand, der seine Seele unablässig beschäftigte. »Also hieher hat dich dein unglückliches Geschick endlich getrieben?« sagte er zu sich, »armer Zronievsky! Als Knabe wolltest du dem Kosciusko helfen und dein Vaterland befreien; Freiheit und Kosciusko sind verklungen und verschwunden. Als Jüngling warst du für den Ruhm der Waffen, für die Ehre der Adler, denen du folgtest, begeistert, man hat sie zerschlagen; du hattest dein Herz so lange vor Liebe bewahrt, sie findet dich endlich als Mann, und siehe – die Geliebte steht so furchtbar hoch, daß du vergessen oder untergehen mußt!«

Das Geschick seines Freundes, denn das war ihm Graf Zronievsky gewesen, stimmte den Fremden ernst und trübe, er versank in jenes Hinbrüten, das die Welt und alle ihre Verhältnisse vergißt, und der Gesandte mußte ihn, als der erste Akt der Oper zu Ende war, durch mehrere Fragen aus seinem Sinnen aufwecken, das nicht einmal durch das Klatschen und Bravorufen des Parterres unterbrochen worden war.

»Die Herzogin hat nach Ihnen gefragt«, sagte der Gesandte,- »sie behauptet, Ihre Familie zu kennen; kommen Sie, wischen Sie diesen Ernst, diese Melancholie von Ihrer Stirne; ich will Sie in die Loge führen und präsentieren.«

Der Fremde errötete; sein Herz pochte, er wußte selbst nicht warum; erst als er den Korridor mit dem Gesandten hinging, als er sich der fürstlichen Loge näherte, fühlte er, daß es die Freude sei, was sein Blut in Bewegung brachte, die Freude, jenem lieblichen Wesen nahe zu sein, dessen stille Liebe ihn so sehr anzog.

2.

Die Herzogin empfing den Fremden mit ausgezeichneter Güte. Sie selbst präsentierte ihn der Prinzessin Sophie, und der Name Larun schien in den Ohren des schönen Kindes bekannt zu klingen; sie errötete flüchtig und sagte, sie glaube gehört zu haben, daß er früher in der französischen Armee diente. Es war dem Baron nur zu gewiß, daß ihr niemand anders als Zronievsky dies gesagt haben konnte; es war ihm um so gewisser, als ihr Auge mit einer gewissen Teilnahme auf ihm, wie auf einem Bekannten, ruhte, als sie gerne die Rede an ihn zu richten schien.

»Sie sind fremd hier«, sagte die Herzogin, »Sie sind keinen Tag in diesen Mauern, Sie können also noch von niemand bestochen sein; ich fordere Sie auf, seien Sie Schiedsrichter; kann es nicht in der Natur geheimnisvolle Kräfte geben, die – die, wie soll ich mich nur ausdrücken, die, wenn wir sie frevelhaft hervorrufen, uns Unheil bringen können?«

»Sie sind nicht unparteiisch, Mutter«, rief die Prinzessin lebhaft. »Sie haben schon durch Ihre Frage, wie Sie sie stellten, die Sinne des Barons gefangen genommen. Sagen Sie einmal, wenn zufällig im Zwischenraum von vielen Jahren von einem Hause nach und nach sechs Dachziegel gefallen wären und einige Leute getötet hätten, würden Sie nicht mehr an diesem Hause vorübergehen?«

»Warum nicht? es müßten nur in diesen Ziegeln geheimnisvolle Kräfte liegen, welche –«

»Wie mutwillig!« unterbrach ihn die Herzogin, »Sie wollen mich mit meinen geheimnisvollen Kräften nach Hause schicken; aber nur Geduld; das Gleichnis, das Sophie vorbrachte, paßt doch nicht ganz –«

»Nun, wir wollen gleich sehen, wem der Baron recht gibt«, rief jene; »die Sache ist so: wir haben hier eine sehr hübsche Oper, man gibt alles Mögliche, Altes und Neues durcheinander, nur eines nicht, die schönste, herrlichste Oper, die ich kenne; auf fremdem Boden mußte ich sie zum erstenmal hören; das erste, was ich tat, als ich hieher kam, war, daß ich bat, man möchte sie hier geben, und nie wird mir mein Wunsch erfüllt! Und nicht etwa, weil sie zu schwer ist, sie geben schwerere Stücke, nein, der Grund ist eigentlich lächerlich.«

»Und wie heißt die Oper?« fragte der Fremde. »Es ist Othello!«

»Othello? Gewiß, ein herrliches Kunstwerk; auch mich spricht selten eine Musik so an wie diese, und ich fühle mich auf lange Tage feierlich, ich möchte sagen heilig bewegt, wenn ich Desdemonas Schwanengesang zur Harfe singen gehört habe.«

»Hören Sie es? Er kommt von Petersburg, von Warschau, von Berlin, Gott weiß woher – ich habe ihn nie gesehen, und dennoch schätzt er ›Othello‹ so hoch. Wir müssen ihn einmal wieder sehen. Und warum soll er nicht wieder gegeben werden? Wegen eines Märchens, das heutzutage niemand mehr glaubt.«

»Freveln Sie nicht«, rief die Fürstin, »es sind mir Tatsachen bekannt, die mich schaudern machen, wenn ich nur daran denke; doch wir sprechen unserem Schiedsrichter in Rätseln; stellen Sie sich einmal vor, ob es nicht schrecklich wäre, wenn es jedesmal, so oft ›Othello‹ gegeben würde, brennte.«

»Auch wieder ein Gleichnis«, fiel Sophie ein, »doch es ist noch viel toller, das Märchen selbst!«

»Nein, es soll einmal brennen«, fuhr die Mutter fort. »›Othello‹ wurde zuerst als Drama nach Shakespeare gegeben, schon vor fünfzig Jahren; die Sage ging, man weiß nicht, woher und warum, daß, so oft ›Othello‹ gegeben wurde, ein gewisses Evenement erfolgte; nun also unser Brennen; es brannte jedesmal nach ›Othello‹. Man machte den Versuch, man gab lange Zeit ›Othello‹ nicht; es kam eine neue geistreiche Übersetzung auf, er wird gegeben – jener unglücklichste Fall ereignete sich wieder. Ich weiß noch wie heute, als ›Othello‹, zur Oper verwandelt, zum erstenmal gegeben wurde; wir lachten lange vorher, daß wir den unglücklichen Mohren um sein Opfer gebracht haben, indem er jetzt musikalisch geworden – Desdemona war gefallen, wenige Tage nachher hatte der Schwarze auch sein zweites Opfer. Der Fall trat nachher noch einmal ein, und darum hat man ›Othello‹ nie wieder gegeben; es ist töricht, aber wahr. Was sagen Sie dazu, Baron? aber aufrichtig, was halten Sie von unserem Streit?«

»Durchlaucht haben vollkommen recht«, antwortete Larun in einem Ton, der zwischen Ernst und Ironie die Mitte hielt; »wenn Sie erlauben, werde ich durch ein Beispiel aus meinem eigenen Leben Ihre Behauptung bestätigen. Ich hatte eine unverheiratete Tante, eine unangenehme, mystische Person; wir Kinder hießen sie nur die Federntante, weil sie große, schwarze Federn auf dem Hut zu tragen pflegte. Wie bei Ihrem ›Othello‹, so ging auch in unserer Familie eine Sage, so oft die Federntante kam, mußte nachher eines oder das andere krank werden. Es wurde darüber gescherzt und gelacht, aber die Krankheit stellte sich immer ein, und wir waren den Spuk schon so gewöhnt, daß, so oft die Federntante zu Besuch in den Hof fuhr, alle Zurüstungen für die kommende Krankheit gemacht und selbst der Doktor geholt wurde.«

»Eine köstliche Figur, Ihre Federntante«, rief die Prinzessin lachend; »ich kann mir sie denken, wie sie den Kopf mit dem Federnhut aus dem Wagen streckte, wie die Kinder laufen, als käme die Pest, weil keines krank werden will, und wie ein Reitknecht zur Stadt sprengen muß, um den Doktor zu holen, weil die Federntante erschienen sei. Da hatten Sie ja wahrhaftig eine lebendige weiße Frau in Ihrer Familie!«

»Still von diesen Dingen«, unterbrach sie die Fürstin ernst, beinahe unmutig; »man sollte nicht von Dingen so leichthin reden, die man nicht leugnen kann und deren Natur dennoch nie erklärt wird. So ist nun einmal auch mein ›Othello‹«, setzte sie freundlicher hinzu. »Und Sie werden ihn nicht zu sehen bekommen, Baron, und müssen ihr Lieblingsstück schon wo anders aufsuchen.«

»Und Sie sollen ihn dennoch sehen«, flüsterte Sophie zu ihm hin, »ich muß mein Desdemonalied noch einmal hören, so recht sehen und hören auf der Bühne, und sollte ich selbst darüber zum Opfer werden!«

»Sie selbst?« fragte der Fremde betroffen; »ich höre ja, der gespenstische Mohr soll nur brennen, nicht töten ?«

»Ach, das war ja nur das Gleichnis der Mutter!« flüsterte sie noch viel leiser, »die Sage ist noch, viel schauriger, noch viel gefährlicher.«

Der Kapellmeister pochte, die Introduktion des zweiten Akts begann, und der Fremde stand auf, die fürstliche Loge zu verlassen. Die Herzogin hatte ihn gütig entlassen, aber vergebens sah er sich nach dem Gesandten um, er war wohl längst in seine Loge zurückgekehrt. Unschlüssig, ob er rechts oder links gehen müsse, stand er im Korridor, als eine warme Hand sich in die seinige legte; er blickte auf, es war der Graf Zronievsky.

3.

»So habe ich doch recht gesehen?« rief der Graf, »mein Major, mein tapferer Major! Wie lebt alles wieder in mir auf! Ich werfe diese unglücklichen dreizehn Jahre von mir; ich bin der frohe Lancier wie sonst! Vive Poniatowsky, vive l'emp–«

»Um Gottes willen, Graf!« fiel ihm der Fremde in das Wort; »bedenken Sie, wo Sie sind. Und warum diese Schatten heraufbeschwören? Sie sind hinab mit ihrer Zeit, lasset die Toten ruhen.«

»Ruhen?« entgegnete jener; »das ist ja gerade, was ich nicht kann; o, daß ich unter jenen Toten wäre, wie sanft, wie geduldig wollte ich ruhen. Sie schlafen, meine tapfern Polen, und keine Stimme, wie mächtig sie auch rufe, schreckt sie auf. Warum darf ich allein nicht rasten?«

Ein düsteres, unstetes Feuer brannte in den Augen des schönen Mannes; seine Lippen schlossen sich schmerzlich; sein Freund betrachtete ihn mit besorgter Teilnahme, er sah hier nicht mehr den fröhlichen, heldenmütigen Jüngling, wie er ihn an der Spitze des Regimentes in den Tagen des Glückes gesehen; das zutrauliche, gewinnende Lächeln, das ihn sonst so angezogen, war einem grämlichen, bittern Zuge gewichen, das Auge, das sonst voll stolzer Zuversicht, voll freudigen Mutes, frei und offen um sich blickte schien mißtrauisch jeden Gegenstand zu prüfen, durchbohren zu wollen, das matte Rot, das seine Wangen bedeckte, war nur der Abglanz jener Jugendblüte, die ihm in den Salons von Paris den Namen des schönen Polen erworben hatte, und dennoch, auch nach dieser großen Veränderung, welche Zeit und Unglück hervorgebracht hatten, mußte man gestehen, daß Prinzessin Sophie sehr zu entschuldigen sei.

»Sie sehen mich an, Major?« sagte jener nach einigem Stillschweigen, »Sie betrachten mich, als wollten Sie die alten Zeiten aus meinen Zügen herausfinden? Geben Sie sich nicht vergebliche Mühe, es ist so manches anders geworden, sollte nicht der Mensch mit dem Geschick sich ändern?«

»Ich finde Sie nicht sehr verändert«, erwiderte der Fremde, »ich erkannte Sie bei dem ersten Anblick wieder. Aber eines finde ich nicht mehr wie früher, aus diesen Augen ist ein gewisses Zutrauen verschwunden, das mich sonst so oft beglückte. Alexander Zronievsky scheint mir nicht mehr zu trauen. Und doch«, setzte er lächelnd hinzu, »und dennoch war mein Geist immer bei ihm, ich weiß sogar die tiefsten Gedanken seines Herzens.«

»Meines armen Herzens!« entgegnete der Graf wehmütig; »ich wüßte kaum, ob ich noch ein Herz habe, wenn es nicht manchmal vor Unmut pochtet. Welche Gedanken wollen Sie aufgespart haben, als die unwandelbare Freundschaft für Sie, Major? Schelten Sie nicht mein Auge, weil es nicht mehr fröhlich ist; ich habe mich in mich selbst zurückgezogen, ich habe mein Vertrauen in meine Rechte gelegt, ihr Druck wird Ihnen sagen, daß ich noch immer der Alte bin.«

»Ich danke; aber wie, ich sollte mich nicht auf die Gedanken Ihres Herzens verstehen? Sie sagen, es pocht nur vor Unmut; was hat denn ein gewisses Fürstenkind getan, daß Ihr Herz so gar unmutig pocht?«

Der Graf erblaßte; er preßte des Fremden Hand fest in der seinigen: »Um Gottes willen, schweigen Sie; nie mehr eine Silbe über diesen Punkt! Ich weiß, ich verstehe, was Sie meinen, ich will sogar zugeben, daß Sie recht gesehen haben; der Teufel hat Ihre Augen gemacht, Major! Doch warum bitte ich einen Ehrenmann wie Sie, zu schweigen? Es hat noch keiner vom achten Regiment seinen Kameraden verraten.«

»Sie haben recht, und kein Wort mehr darüber; doch nur dies eine noch; vom achten verratet keiner den Kameraden, ob aber der gute Kamerad sich selber nicht verrät?«

»Kommen Sie hier auf diese Treppe«, flüsterte der Graf, denn es nahten sich mehrere Personen; »Jesus Maria, sollte außer Ihnen jemand etwas ahnen?«

»Wenn Sie Vertrauen um Vertrauen geben werden, wohlan, so will ich beichten.«

»O, foltern Sie mich nicht, Major! Ich will nachher sagen, was Sie haben wollen, nur geschwind, ob jemand außer Ihnen –«

Der Major von Larun erzählte, er sei heute in dieser Stadt ange-kommen, seine Depeschen seien bei dem Gesandten bald in Rich-tigkeit gewesen, man habe ihn in die Oper mitgenommen, und dort, wie er entzückt die Prinzessin aus der Ferne betrachtet, habe ihm die Gesandtin gesagt, daß Sophie in ein Verhältnis unter ihrem Stande verwickelt sei. »Sie traten ein in die fürstliche Loge, ein Blick überzeugte mich, daß niemand als Sie der Geliebte sein könne.«

»Und die Gesandtin?« rief der Graf mit zitternder Stimme.

»Sie hat es bestätigt. Wenn ich nicht irre sprach sie auch von einer Oberhofmarschallin, von welcher sie die Nachricht habe.«

Der Graf schwieg, einige Minuten vor sich hinstarrend; er schien mit sich zu ringen, er blickte einige Male den Fremden scheu von der Seite an – »Major!« sprach er endlich mit klangloser, matter Stimme; »können Sie mir hundert Napoleon leihen?«

Der Major war überrascht von dieser Frage; er hatte erwartet, sein Freund werde etwas Weniges über sein Unglück jammern, wie bei dergleichen Szenen gebräuchlich, er konnte sich daher nicht gleich in diese Frage finden und sah den Grafen staunend an.

»Ich bin ein Flüchtling«, fuhr dieser fort; »ich glaubte endlich eine stille Stätte gefunden zu haben, wo ich ein klein wenig rasten könn-te, da muß ich lieben – muß geliebt werden, Major, wie geliebt wer-den!« Er hatte Tränen in den Augen, doch er bezwang sich und fuhr mit fester Stimme fort: »Es ist eine sonderbare Bitte, die ich hier nach so langem Wiedersehen an Sie tue, doch ich erröte nicht, zu bitten. Kamerad, gedenken Sie des letzten ruhmvollen Tages im Norden, gedenken Sie des Tages von Mosjaisk?«

»Ich gedenke!« sagte der Fremde, indem sein Auge glänzte und seine Wangen sich höher färbten.

»Und gedenken Sie, wie die russische Batterie an der Redoute auffuhr, wie ihre Kartätschen in unsere Reihen sausten und der Verräter Piolzky zum Rückzug blasen ließ?«

»Ha!« fiel der Fremde mit dröhnender Stimme ein, »und wie Sie ihn herabschossen, Oberst, daß er keine Ader mehr zuckte, wie die Husaren rechts abschwenkten, wie Sie ›vorwärts!‹ riefen, vorwärts

Lanciers vom achten, und die Kanonen in fünf Minuten unser waren!«

»Gedenken Sie?« flüsterte der Graf mit Wehmut; »wohlan! ich kommandiere wieder vor der Front. Es gilt einen Kameraden herauszuhauen, werdet Ihr ihn retten? En avant, Major! vorwärts, tapfrer Lancier! wirst du ihn retten, Kamerad?«

»Ich will ihn retten«, rief der Freund, und der Graf Zronievsky schlug seinen Arm um ihn, preßte ihn heftig an seine Brust und eilte dann von ihm weg, den Korridor entlang.

4.

»Gut, daß ich Sie treffe«, rief der Graf Zronievsky, als er am nächsten Morgen dem Major auf der Straße begegnete, »ich wollte eben zu Ihnen und Sie um eine kleine Gefälligkeit ansprechen –«

»Die ich Ihnen schon gestern zusagte«, erwiderte jener, »wollen Sie mich in mein Hotel begleiten? es liegt längst für Sie bereit.«

»Um Gottes willen, jetzt nichts von Geld«, fiel der Graf ein, »Sie töten mich durch diese Prosa; ich bin göttlich gelaunt, selig, überirdisch gestimmt. O Freund, ich habe es dem Engel gesagt, daß man uns bemerkt, ich habe ihr gesagt, daß ich fliehen werde, denn in ihrer Nähe zu sein, sie nicht zu sprechen, nicht anzubeten, ist mir unmöglich.«

»Und darf ich wissen, was sie sagte?«

»Sie ist ruhig darüber, sie ist größer als diese schlechten Menschen; ›was ist es auch‹«, sagte sie, »man kann uns gewiß nichts Böses nachsagen, und wenn man auch unser Verhältnis entdeckte, so will ich mir gerne einmal einen dummen Streich vergeben lassen; wo lebt ein Mensch, der nicht einmal einen beginge?«

»Eine gesunde Philosophie«, bemerkte der Major; »man kann nicht vernünftiger über solche Verhältnisse denken; denn gerade die sind meist am schlechtesten beraten, die glauben, sie können alle Menschen blenden. Doch ist mir noch eine Frage erlaubt? wie es scheint, so sehen Sie Ihre Dame allein? denn was sie mir erzählten, wurde schwerlich gestern im ›Don Juan‹ verhandelt.«

»Wir sehen uns«, flüsterte jener, »ja, wir sehen uns, aber wo, darf ich nicht sagen, und so wahr ich lebe, das sollen auch jene Menschen nicht ausspähen. Aber lange, ich sehe es selbst ein, lange Zeit kann es nicht mehr dauern. Drum bin ich immer auf dem Sprung, Kamerad, und Ihre Hilfe soll mich retten, wenn indes meine Gelder nicht flüssig werden. Doch gilt es morgen, so laß uns heut noch schlürfen die Neige der köstlichen Zeit; ich will noch glücklich, selig sein, weil es ja doch bald ein Ende haben muß.«

»Und wozu kann ich Ihnen dienen?« fragte der Major, »wenn ich nicht irre, wollten Sie mich aufsuchen.«

»Richtig, das war es, warum ich kommen wollte«, entgegnete jener nach einigem Nachsinnen. »Sophie weiß, daß Sie mein Freund sind, ich habe ihr schon früher von Ihnen erzählt, hauptsächlich die Geschichte von der Beresina-Brücke, wo Sie mich zu sich auf den Rappen nahmen. Sie hat gestern mit Ihnen gesprochen, und von ›Othello‹, nicht wahr? Die Fürstin will nicht zugeben, daß er aufgeführt werde, wegen irgend einem Märchen, das ich nicht mehr weiß.«

»Sie waren sehr geheimnisvoll damit«, unterbrach ihn der Freund, »und wie mir schien, wird es die Fürstin auch nicht zugeben?«

»Und doch, ich habe sie durch ein Wort dahin gebracht. Die Prinzessin bat und flehte, und das kann ich nun einmal nicht sehen, ohne daß ich ihr zu Hilfe komme; ich nahm also eine etwas ernste Miene an und sagte: ›Sonderbar ist es doch, wenn so etwas ins Publikum kommt, ist es wie der Wind in den Gesandtschaften, und kam es einmal so weit, so darf man nicht dafür sorgen, daß es in acht Tagen als Chronique scandaleuse an allen Höfen erzählt wird.‹ Die Fürstin gab mir recht; sie sagte, wiewohl mit sehr bekümmerter und verlegener Miene zu, daß das Stück gegeben werden solle; doch, als sie wegging, rief sie mir noch zu: sie gebe das Spiel dennoch nicht verloren, denn wenn auch ›Othello‹ schon auf dem Zettel stehe, lasse sie die Desdemona krank werden.«

»Das haben Sie gut gemacht!« rief der Major lachend, »also die Furcht vor der Chronique scandaleuse hat die Gespensterfurcht und das Grauen vor den Geheimnissen der Natur überwunden?«

»Jawohl, Sophie ist außer sich vor Freude, daß sie ihren Willen hat. Ich bin gerade auf dem Weg zum Regisseur der Oper; ich soll ihm vierhundert Taler bringen, daß die Aufführung auch in pekuniärer Hinsicht keiner Schwierigkeit unterworfen sein möchte, und Sie müssen mich zu ihm begleiten.«

»Aber wird es nicht auffallen, wenn Sie im Namen der Prinzessin diese Summe überbringen?«

»Dafür ist gesorgt; wir bringen es als Kollekt von einigen Kunstfreunden; stellen Sie einen Dilettanten oder Enthusiasten vor, oder was in unsern Kram paßt. Er wohnt nicht weit von hier und ist ein alter, ehrlicher Kauz, den wir schon gewinnen wollen. Nur hier um die Ecke, Freund; sehen Sie dort das kleine grüne Haus mit dem Erker.«

5.

Der Regisseur der Oper war ein kleiner, hagerer Mann, er war früher als Sänger berühmt gewesen und ruhte jetzt im Alter auf seinen Lorbeeren. Er empfing die Freunde mit einer gewissen künstlerischen Hoheit und Würde, welche nur durch seine sonderbare Kleidung etwas gestört wurde; er trug nämlich eine schwarze Florentiner Mütze, welche er nur ablegte, wenn er zum Ausgehen die Perücke auf die Glatze setzte. Auffallend stachen gegen diese bequeme Hauskleidung des Alten ein moderner, enge anliegender Frack und weite, faltenreiche Beinkleider ab; sie zeigten, daß der Herr Regisseur trotz der sechzig Jährchen, die er haben mochte, dennoch für die Eitelkeit der Welt nicht abgestorben sei; an den Füßen trug er weite, ausgetretene Pelzschuhe, auf denen er künstlich im Zimmer herumfuhr, ohne sichtbar die Beine aufzuheben; den Fremden kam es vor, als fahre er auf Schlittschuhen.

»Ist mir bereits angezeigt worden, der allerhöchste Wunsch«, sagte der Regisseur, als ihn der Graf mit dein Zweck ihres Besuches bekannt machte, »weiß bereits um die Sache; an mir soll es nicht fehlen, mein einziger Zweck ist ja, die allerhöchsten Ohren auf ergötzliche Weise zu delektieren, aber – aber, ich werde denn doch submissest wagen müssen, einige Gegenvorstellungen zu exhibieren.«

»Wie? Sie wollen diese Oper nicht geben?« rief der Graf.

»Gott soll mich behüten, das wäre ja ein offenbares Mordattentat auf die allerhöchste Familie! Nein, nein! wenn mein Wort in der Sache noch etwas gilt, wird dieses unglückliche Stück nie gegeben.«

»Hätte ich doch nie gedacht«, entgegnete der Graf, »daß ein Mann wie Sie von Pöbelwahn befangen wäre. Mit Staunen und Verwunderung vernahm ich schon in meiner frühesten Jugend in fernen Landen Ihren gefeierten Namen; Sie wurden die Krone der Sänger genannt, ich brannte vor Begierde, diesen Mann einmal zu sehen. Ich bitte, verkleinern Sie dieses ehrwürdige Bild nicht durch solchen Aberwitz.«

Der Alte schien sich geschmeichelt zu fühlen, ein anmutiges Lächeln zog über seine verwitterten Züge, er steckte die Hände in die

Taschen und fuhr auf seinen Pelzschuhen einigemal im Zimmer auf und ab. »Allzugütig, allzuviel Ehre!« rief er; »ja wir waren unserer Zeit etwas, wir waren ein tüchtiger Tenor! jetzt hat es freilich ein Ende. Aberglaube belieben Sie zu sagen; ich würde mich schämen, irgend einem Aberglauben nachzuhängen; aber wo Tatsachen sind, kann von Aberglauben nicht die Rede sein.«

»Tatsachen?« riefen die Freunde mit einer Stimme.

»O ja, verehrte Messieurs, Tatsachen. Sie scheinen nicht aus hiesiger Stadt und Gegend zu sein, daß Sie solche nicht wissen?« –

»Ich habe allerdings von einem solchen Märchen gehört«, sagte der Major; »es soll, wenn ich nicht irre, jedesmal nach Othello brennen, und –«

»Brennen? daß mir Gott verzeih'; ich wollte lieber, daß es allemal brennt; Feuer kann man doch löschen, man hat Brandassekuranzen, man kann endlich noch solch einen Brandschaden zur Not ertragen; aber sterben? nein, das ist ein weit gefährlicherer Kasus.«

»Sterben? sagen Sie, wer soll sterben?«

»Nun, das ist kein Geheimnis«, erwiderte der Regisseur; »sooft Othello gegeben wird, muß acht Tage nachher jemand aus der fürstlichen Familie sterben.«

Die Freunde fuhren erschrocken von ihren Sitzen auf, denn der prophetische, richtende Ton, womit der Alte dies sagte, hatte etwas Greuliches an sich; doch sogleich setzten sie sich wieder und brachen über ihren eigenen Schrecken in ein lustiges Gelächter aus, das übrigens den Sänger nicht aus der Fassung brachte.

»Sie lachen?« sprach er; »ich muß es mir gefallen lassen; wenn es Sie übrigens nicht geniert, will ich Sie die Theaterchronik inspizieren lassen, die seit hundertundzwanzig Jahren der jedesmalige Souffleur schreibt.«

»Die Theaterchronik her, Alter, lassen Sie uns inspizieren«, rief der Graf, dem die Sache Spaß zu machen schien, und der Regisseur rutschte mit außerordentlicher Schnelligkeit in seine Kammer und brachte einen in Leder und Messing gebundenen Folianten hervor.

Er setzte eine große in Bein gefaßte Brille auf und blätterte in der Chronik. »Bemerken Sie«, sagte er, »Wegen des Nachfolgenden, erstlich, hier steht: ›Anno 1740 den 8. Dezember ist die Actrice Charlotte Fandauerin im hiesigen Theater erstickt worden. Man führte das Trauerspiel Othello, der Mohr von Venedig, von Shakespeare auf.‹«

»Wie?« unterbrach ihn der Major, »Anno 1740 sollte man hier Shakespeares ›Othello‹ gegeben haben, und doch war es, wenn ich nicht irre, Schröder, der zuerst und viel später das erste Shakespearesche Stück in Deutschland aufführen ließ?«

»Bitte um Vergebung«, erwiderte der Alte. »Der Herzog sah auf einer Reise durch England in London diesen ›Othello‹ geben, ließ ihn, weil er ihm außerordentlich gefiel, übersetzen und nachher hier öfter aufführen. Meine Chronik fährt aber also fort:

›Obgedachte Charlotte Fandauerin hat die Desdemona gegeben und ist durch die Bettdecke, womit sie in dem Stücke selbst getötet werden soll, elendiglich umgekommen. Gott sei ihrer armen Seele gnädig!‹ –

Diesen Mord erzählt man sich hier folgendermaßen: die Fandauer soll sehr schön gewesen sein; bei Hof ging es damals unter dem Herzog Nepomuk sehr lasziv zu; die Fandauer wurde des Herzogs Geliebte. Sie aber soll sich nicht blindlings und unvorsichtig ihm übergeben haben; sie war abgeschreckt durch das Beispiel so vieler, die er nach einigen Monaten oder Jährchen verstieß und elendiglich herumlaufen ließ. Sie soll also ein schreckliches Bündnis mit ihm gemacht und erst, nachdem er es beschworen, sich ihm ergeben haben. Aber wie bei den andern, so war es auch bei der Fandauer. Er hatte sie bald satt und wollte sie auf gelinde Art entfernen. Sie aber drohte ihm, das Bündnis, das er mit ihr gemacht, drucken und in ganz Europa verbreiten zu lassen, sie zeigte ihm auch, daß sie diese Schrift schon in vielen fremden Städten niedergelegt habe, wo sie auf ihren ersten Wink verbreitet würde.

Der Herzog war ein grausamer Herr, und sein Zorn kannte keine Grenzen. Er soll ihr auf verschiedenen Wegen durch Gift haben beikommen wollen, aber sie aß nichts, als was sie selbst gekocht hatte. Er gab daher einem Schauspieler eine große Summe Geld und ließ den ›Othello‹ aufführen. Sie werden sich erinnern, daß in dem Shakespeareschen Trauerspiel die Desdemona von dem Mohren im

Bette erstickt wird. Der Akteur machte seine Sache nur allzu natürlich, denn die Fandauerin ist nicht mehr erwacht.«

Der Graf schauderte; »und dies soll wahr sein?« rief er aus.

»Fragen Sie von älteren Personen in der Stadt wen Sie wollen, Sie werden es überall so erzählen hören. Es wurde nachher von den Gerichten eine Untersuchung gegen den Mörder anhängig gemacht, aber der Herzog schlug sie nieder, nahm den Akteur vom Theater in seine Dienste und erklärte, die Fandauerin habe durch Zufall der Schlag gerührt. Aber acht Tage darauf starb ihm sein einziges Söhnlein, ein Prinz von zwölf Jahren.«

»Zufall!« sagte der Major.

»Nennen Sie es immerhin so«, versetzte der Alte und blätterte weiter. »Doch hören Sie; ›Othello‹ wurde zwei Jahre lang nicht mehr gegeben, denn wegen der Erinnerung an jenen Mord mochte der Herzog dieses Trauerspiel nicht leiden. Aber nach zwei Jahren, in diesem Buch steht jedes Lustspiel aufgezeichnet, nach zwei Jahren war er so ruchlos, es wieder auffuhren zu lassen. Hier steht's: ›Den 28. September (1742) Othello, der Mohr von Venedig‹, und hier am Rande ist bemerkt: ›Sonderbarlich! am 5. Oktober ist Prinzessin Auguste verstorben. Gerade auch acht Tage nach Othello, wie vor zwei Jahren der höchstselige Prinz Friedrich.‹ Zufall, meine werten Herren?«

»Allerdings Zufall!« riefen jene.

»Weiter! ›Den 6. Februar 1748, Othello, der Mohr von Venedig.‹ Ob es wohl wieder eintrifft? Sehen Sie her, meine Herren! das hat der Souffleur hergeschrieben, bemerken Sie gefälligst, es ist dieselbe Hand, die hier in margine bemerkt: ›Entsetzlich! die Fandauerin spukt wieder, Prinz Alexander den 14. plötzlich gestorben. Acht Tage nach Othello.‹« Der Alte hielt inne und sah seine Gäste fragend an, sie schwiegen, er blätterte weiter und las: »›Den 16. Januar 1775, zum Benefiz der Mlle. Koller: Othello, der Mohr von Venedig. Richtig wieder! Arme Prinzessin Elisabeth, hast du müssen so schnell versterben? Gestorben 24. Jänner 1775.‹«

»Possen!« unterbrach ihn der Major; »ich gebe zu, es ist so; es soll einigemal der Eigensinn des Zufalls es wirklich so gefügt haben; geben Sie mir aber nur einen vernünftigen Grund an zwischen Ursache und Wirkung, wenn Sie diese Höchstseligen am ›Othello‹ versterben lassen wollen!«

»Herr!« antwortete der alte Mann mit tiefem Ernst, »das kann ich nicht; aber ich erinnere an die Worte jenes großen Geistes, von dem auch dieser unglückselige ›Othello‹ abstammt. – ›Es gibt viele Dinge zwischen Himmel und Erde, wovon sich die Philosophen nichts träumen lassen!‹«

»Ich kenne das«, sagte der Graf; »aber ich wette, Shakespeare hätte nie diesen Spruch von sich gegeben, hätte er gewußt, wie viel Lächerlichkeit sich hinter ihm verbirgt!«

»Es ist möglich«, erwiderte der Sänger; »hören Sie aber weiter. Ich komme jetzt an ein etwas neueres Beispiel, dessen ich mich erinnern kann, an den Herzog selbst.«

»Wie«, unterbrach ihn der Major; »eben jener, der die Aktrice ermorden ließ ... ?«

»Derselbe ›Othello‹ war vielleicht zwanzig Jahre nicht mehr gegeben worden, da kamen, ich weiß es noch wie heute, fremde Herrschaften zum Besuch. Unser Schauspiel gefiel ihnen, und sonderbarerweise wünschte eine der fremden fürstlichen Damen ›Othello‹ zu sehen. Der Herzog ging ungern daran, nicht aus Angst vor den greulichen Umständen, die diesem Stück zu folgen pflegten, denn er war ein Freigeist und glaubte an nichts dergleichen; aber er war jetzt alt; die Sünden und Frevel seiner Jugend fielen ihm schwer aufs Herz, und er hatte Abscheu vor diesem Trauerspiel. Aber sei es, daß er der Dame nichts abschlagen mochte, sei es, daß er sich vor dem Publikum schämte, das Stück mußte Hals über Kopf einstudiert werden, es wurde auf seinem Lustschloß gegeben. Sehen Sie, hier steht es: ›Othello, den 16. Oktober 1793 auf dem Lustschloß H .... aufgeführt.‹«

»Nun, Alter! und was folgte, geschwind!« riefen die Freunde ungeduldig.

»Acht Tage nachher, den 24. Oktober 1793, ist der Herzog gestorben.«

»Nicht möglich«, sagte der Major nach einigem Stillschweigen; »lassen Sie Ihre Chronik sehen; wo steht denn etwas vom Herzog? Hier ist nichts in margine bemerkt.«

»Nein«, sagte der Alte und brachte zwei Bücher herbei; »aber hier seine Lebensgeschichte, hier seine Trauerrede, wollen Sie gefälligst nachsehen?«

Der Graf nahm ein kleines schwarzes Buch in die Hand und las: »Beschreibung der solennen Beisetzung des am 24. Oktober 1793 höchstselig verstorbenen Herzogs und Herrn – dummes Zeug!« rief er und sprang auf; »das könnte mich um den Verstand bringen. Zufall! Zufall! und nichts anders! Nun – und wissen Sie noch ein solches Histörchen?«

»Ich könnte Ihnen noch einige aufführen«, erwiderte der Alte mit Ruhe, »doch Sie langweilen sich bei dieser sonderbaren Unterhaltung; nur aus der neuesten Zeit noch einen Fall. Rossini schrieb seine herrliche Oper ›Othello‹, worin er, was man bezweifelt hatte, zeigte, daß er es verstehe, auch die tieferen, tragischen Saiten der menschlichen Brust anzuschlagen. Er wurde hier höheren Orts nicht verlangt, daher wurde er auch nicht fürs Theater einstudiert. Die Kapelle aber unternahm es, diese Oper für sich zu studieren, es wurden einige Szenen in Konzerten ausgeführt, und diese wenigen Proben entzündeten im Publikum einen so raschen Eifer für die Oper, daß man allgemein in Zeitungen, an Wirtstafeln, in Singtees und dergleichen von nichts als ›Othello‹ sprach, nichts als ›Othello‹ verlangte. Von den grauenvollen Begebenheiten, die das Schauspiel ›Othello‹ begleitet hatten, war gar nicht die Rede; es schien, man denke sich unter der Oper einen ganz andern ›Othello‹. Endlich bekam der damalige Regisseur (ich war noch auf dem Theater und machte den Othello), er bekam den Auftrag, sage ich, die Oper in die Szene zu setzen. Das Haus war zum Ersticken voll, Hof und Adel waren da, das Orchester strengte sich übermenschlich an, die Sängerinnen ließen nichts zu wünschen übrig, aber ich weiß nicht – uns alle wehte ein unheimlicher Geist an, als Desdemona ihr Lied zur Harfe spielte, als sie sich zum Schlafengehen rüstete, als der Mörder, der abscheuliche Mohr, sich nahte. Es war dasselbe Haus, es waren dieselben Bretter, es war dieselbe Szene wie damals, wo ein liebliches Geschöpf in derselben Rolle so greulich ihr Leben endete. Ich muß gestehen, trotz der Teufelsnatur meines Othello befiel mich ein leichtes Zittern, als der Mord geschah, ich blickte ängstlich nach der fürstlichen Loge, wo so viele blühende, kräftige Gestalten auf unser Spiel herübersahen, ›wirst du wohl durch die Töne, die deinen Tod begleiten, dich besänftigen lassen, blutdürstiges Gespenst der Gemordeten?‹ dachte ich. Es war so; fünf, sechs Tage hörte man nichts von einer Krankheit im Schlosse; man lachte, daß es nur der Einkleidung in eine Oper bedurfte, um jenen Geist gleichsam irre zu machen; der siebente Tag verging ruhig, am achten jedoch wurde Prinz Ferdinand auf der Jagd erschossen.«

»Ich habe davon gehört«, sagte der Major, »aber es war Zufall; die Büchse seines Nachbars ging los und –« »Sage ich denn, das Gespenst bringe die Höchstseligen selbst um, drücke ihnen eigenhändig die Kehle zu? Ich spreche ja nur von einem unerklärlichen, geheimnisvollen Zusammenhang.«

»Und haben Sie uns nicht noch zu guter Letzt ein Märchen erzählt; wo steht denn geschrieben, daß acht Tage vor jener Jagd ›Othello‹ gegeben wurde?«

»Hier!« erwiderte der Regisseur kaltblütig, indem er auf eine Stelle in seiner Chronik wies; der Graf las: »›Othello‹, Oper von Rossini, den 12. März«, und auf dem Rande stand dreimal unterstrichen: »Den 20. fiel Prinz Ferdinand auf der Jagd.«

Die Männer sahen einander schweigend einige Augenblicke an; sie schienen lächeln zu wollen, und doch hatte sie der Ernst des alten Mannes, das sonderbare Zusammentreffen jener furchtbaren Ereignisse tiefer ergriffen, als sie sich selbst gestehen mochten. Der Major blätterte in der Chronik und pfiff vor sich hin, der Graf schien über etwas nachzusinnen, er hatte Stirne und Augen fest in die Hand gestützt. Endlich sprang er auf: »Und dies alles kann Ihnen dennoch nicht helfen«, rief er, »die Oper muß gegeben werden. Der Hof, die Gesandten wissen es schon, man würde sich blamieren, wollte man durch diese Zufälle sich stören lassen. Hier sind vierhundert Taler, mein Herr! Es sind einige Freunde und Liebhaber der Kunst, welche sie Ihnen zustellen, um Ihren ›Othello‹ recht glänzend auftreten zu lassen. Kaufen Sie davon, was Sie wollen«, setzte er lächelnd hinzu, »lassen Sie Geisterbanner, Beschwörer kommen, kaufen Sie einen ganzen Hexenapparat kurz, was nur immer nötig ist, um das Gespenst zu vertreiben – nur geben Sie uns ›Othello‹.«

»Meine Herren«, sagte der Alte, »es ist möglich, daß ich in meiner Jugend selbst über dergleichen gelacht und gescherzt hätte; das Alter hat mich ruhiger gemacht, ich habe gelernt, daß es Dinge gibt, die man nicht geradehin verwerfen muß. Ich danke für Ihr Geschenk, ich werde es auf eine würdige Weise anzuwenden wissen. Aber nur auf den strengsten Befehl werde ich ›Othello‹ geben lassen. Ach Gott und Herr!« rief er kläglich, »wenn ja der Fall wieder einträte wenn das liebe, herzige Kind, Prinzessin Sophie, des Teufels wäre!«

»Seien Sie still«, rief der Graf erblassend, »wahrhaftig, Ihre wahnsinnigen Geschichten sind ansteckend, man könnte sich am hellen Tage fürchten! Adieu! Vergessen Sie nicht, daß ›Othello‹ auf jeden Fall gegeben wird; machen Sie mir keine Kunstgriffe mit Katarrh und Fieber, mit Krankwerdenlassen und eingetretenen Hindernissen. Beim Teufel, wenn Sie keine Desdemona hergeben, werde ich das Gespenst der Erwürgten heraufrufen, daß es diesmal selbst eine Gastrolle übernimmt.«

Der Alte bekreuzigte sich und fuhr ungeduldig auf seinen Schuhen umher; »welche Ruchlosigkeit«, jammerte er; »wenn sie nun erschiene, wie der steinerne Gast? Lassen Sie solche Reden, ich bitte Sie, wer weiß, wie nahe jedem sein eigenes Verderben ist.«

Lachend stiegen die beiden die Treppe hinab, und noch lange diente der musikalische Prophet mit der Florentiner Mütze und den Pelzschlittschuhen ihrem Witz zur Zielscheibe.

6.

Es gab Stunden, worin der Major sich durchaus nicht in den Grafen, seinen alten Waffenbruder, finden konnte. War er sonst fröhlich, lebhaft, von Witz und Laune strahlend, konnte er sonst die Gesellschaft durch treffende Anekdoten, durch Erzählungen aus seinem Leben unterhalten, wußte er sonst jeden, mochte er noch so gering sein, auf eine sinnige, feine Weise zu verbinden, so daß er der Liebling aller, von vielen angebetet, wurde, so war er in andern Momenten gerade das Gegenteil. Er fing an, trocken und stumm zu werden, seine Augen, senkten sich, sein Mund preßte sich ein. Nach und nach ward er finster, spielte mit seinen Fingern, antwortete mürrisch und ungestüm. Der Major hatte ihm schon abgemerkt, daß dies die Zeit war, wo er aus der Gesellschaft entfernt werden müsse, denn jetzt fehlten noch wenige Minuten, so zog er mit leicht aufgeregter Empfindlichkeit jedes unschuldige Wort auf sich und fing an zu wüten und zu rasen.

Der Major war viel um ihn, er hatte aus früherer Zeit eine gewisse Gewalt und Herrschaft über ihn, die er jetzt geltend machte, um ihn vor diesen Ausbrüchen der Leidenschaft in Gesellschaft zu bewahren; desto greulicher brachen sie in seinen Zimmern aus; er tobte, er fluchte in allen Sprachen, er klagte sich an, er weinte. »Bin ich nicht ein elender, verworfener Mensch?« sprach er einst in einem solchen Anfall; »meine Pflichten mit Füßen zu treten, die treueste Liebe von mir zu stoßen, ein Herz zu martern, das mir so innig anhängt! Leichtsinnig schweife ich in der Welt umher, habe mein Glück verscherzt, weil ich in meinem Unsinn glaubte, ein Kosciusko zu sein, und bin nichts als ein Schwachkopf, den man wegwarf Und so viele Liebe, diese Aufopferung, diese Treue so zu vergelten!«

Der Major nahm zu allerlei Trostmitteln seine Zuflucht. »Sie sagen ja selbst, daß die Prinzessin Sie zuerst geliebt hat; konnte sie je eine andere Liebe, eine andere Treue von Ihnen erwarten als die, welche die Verhältnisse erlauben?«

»Ha, woran mahnen Sie mich!« rief der Unglückliche, »wie klagen mich Ihre Entschuldigungen selbst an! Auch sie, auch sie betört! Wie kindlich, wie unschuldig war sie, als ich Verruchter kam, als ich sie sah mit dein lieblichen Schmelz der Unschuld in den Augen!

Da fing mein Leichtsinn wieder an; ich vergaß alle guten Vorsätze, ich vergaß, wem ich allein .gehören dürfte; ich stürzte mich in einen Strudel von Lust, ich begrub mein Gewissen in Vergessenheit!« Er fing an zu weinen, die Erinnerung schien seine Wut zu besänftigen. »Und konnte ich«, flüsterte er, »konnte ich so von ihr gehen? Ich fühlte, ich sah es an jeder ihrer Bewegungen, ich las es in ihrem Auge, sie liebte mich; sollte ich fliehen, als ich sah, wie diese Morgenröte der Liebe in ihren Wangen aufging, wie der erste, leuchtende Strahl des Verständnisses aus ihrem Auge brach, auf mich niederfiel, mich aufzufordern schien, ihn zu erwidern?«

»Ich beklage Sie«, sprach der Freund und drückte seine Hand; »wo lebt ein Mann, der so süßer Versuchung widerstanden wäre?«

»Und als ich ihr sagen durfte, wie ich sie verehre, als sie mir mit stolzer Freude gestand, wie sie mich liebe, als jenes traute, entzückende Spiel der Liebe begann, wo ein Blick, ein flüchtiger Druck der Hand mehr sagt, als Worte auszudrücken vermögen, wo man tagelang nur in der freudigen Erwartung eines Abends, einer Stunde, einer einsamen Minute lebte, wo man in der Erinnerung dieses seligen Augenblicks schwelgte, bis der Abend wieder erschien, bis ich aus dem Taumelkelch ihrer süßen Augen aufs neue Vergessenheit trank! Wie reich wußte sie zu geben, wie viel Liebe wußte sie in ein Wort, in einen Blick zu legen; und ich sollte fliehen?«

»Und wer verlangt dies?« sagte der Freund gerührt. »Es wäre grausam gewesen, eine so schöne Liebe, die alle Verhältnisse zum Opfer brachte, zurückzustoßen. Nur Vorsicht hätte ich gewünscht; ich denke, noch ist nicht alles verloren!«

Er schien nicht darauf zu hören; seine Tränen strömten heftiger, sein glänzendes Auge schien tiefer in die Vergangenheit zu tauchen. »Und als sie mir mit holdem Erröten sagte, wie ich zu ihr gelangen könne, als sie erlaubte, ihre fürstliche Stirne zu küssen, als der süße Mund, dessen Wünsche einem Volk Befehle waren, mein gehörte und die Hoheit einer Fürstin unterging im traulichen Flüstern der Liebe – da, da sollte ich sie lassen?«

»Wie glücklich sind Sie! gerade in dem Geheimnis dieses Verhältnisses muß ein eigener Reiz liegen; und warum wollen Sie diese Liebe so tief verdammen? Fassen Sie sich. Das Urteil der Welt kann Ihnen gleichgültig sein, wenn Sie glücklich sind. Denn im ganzen trägt ja wahrhaftig dies Verhältnis nichts so Schwarzes, Schuldiges an sich, wie Sie es selbst sich vorstellen!«

Der Graf hatte ihm zugehört; seine Augen rollten, seine Wangen färbten sich dunkler, er knirschte mit den Zähnen; »nicht so mild müssen Sie mich beurteilen«, sagte er mit dumpfer Stimme; »ich verdiene es nicht. Ich bin ein Frevler, vor dem Sie zurückschaudern sollten. O – daß ich Vergessenheit erkaufen könnte, daß ich Jahre auslöschen könnte aus meinem Gedächtnis. – Ich will vergessen, ich muß vergessen, ich werde wahnsinnig, wenn ich nicht vergesse; schaffen Sie Wein, Kamerad! ich will trinken, mich dürstet, es wütet eine Flamme in mir, ich will mein Gedächtnis, meine Schuld ersäufen.«

Der Major war ein besonnener Mann; er dachte ziemlich ruhig über diese verzweiflungsvollen Ausbrüche der Reue und Selbstanklage; »er ist leichtsinnig, so habe ich ihn von jeher gekannt«, sagte er zu sich; »solche Menschen kommen leicht von einem Extrem ins andere. Er sieht jetzt große Schuld in seiner Liebe, weil sie der Geliebten in ihren Verhältnissen schaden kann, und im nächsten Augenblick berauscht ihn wieder die Wonne der Erinnerung.« Der Wein kam, der Major goß ein; der Graf stürzte schnell einige Gläser hinunter; er ging mit schnellen Schritten schweigend im Zimmer auf und nieder, blieb vor dem Freunde stehen, trank und ging wieder. Dieser mochte seine stillen Empfindungen nicht unterbrechen; er trank und beobachtete über das Glas hin aufmerksam die Mienen, die Bewegungen seines Freundes.

»Major!« rief dieser endlich und warf sich auf den Stuhl nieder; »welches Gefühl halten Sie für das schrecklichste?«

Dieser schlürfte bedächtig den Wein in kleinen Zügen, er schien nachzusinnen und sagte dann: »Ohne Zweifel das, was das freudigste Gefühl gibt, muß auch das traurigste werden. – Ehre, gekränkte Ehre.«

Der Graf lachte grimmig. »Lassen Sie sich die Taler wiedergeben, Kamerad, die Sie einem schlechten Psychologen für seinen Unterricht gaben. Gekränkte Ehre?! Also tiefer steigt Ihre Kunst nicht hinab in die Seele? Die gekränkte Ehre fühlt sich doch selbst noch; es lebt doch ein Gefühl in des Gekränkten Brust, das ihn hoch erhebt über die Kränkung, er kann die Scharte auswetzen am Beleidiger; er hat noch die Möglichkeit, seine Ehre wieder fleckenlos und rein zu waschen, aber tiefer, Herr Bruder«, rief er, indem er die Hand des Majors krampfhaft faßte, »tiefer hinab in die Seele; welches Gefühl ist noch schrecklicher?«

»Von einem habe ich gehört«, erwiderte jener, »das aber Männer wie wir nicht kennen – es heißt Selbstverachtung.«

Der Graf erbleichte und zitterte, er stand schweigend auf und sah den Freund lange an. »Getroffen, Kamerad«, sagte er, »das sitzt noch tiefer. Männer wie wir pflegen es nicht zu kennen, es heißt Selbstverachtung. Aber der Teufel legt auch gar feine Schlingen auf die Erde, ehe man sich versieht, ist man gefangen. Kennen Sie die Qual des Wankelmutes, Major?«

»Gottlob, ich habe sie nie erfahren; mein Weg ging immer geradeaus aufs Ziel!«

»Geradeaus aufs Ziel? Wer auch so glücklich wäre! Erinnern Sie sich noch des Morgens, als wir aus den Toren von Warschau ritten? Unsere Gefühle, unsere Sinne gehörten jenem großen Geiste, der sie gefangen hielt; aber wem gehörten die Herzen der polnischen Lanciers? Unsere Trompeten ließen jene Arien aus den ›Krakauern‹ ertönen, jene Gesänge, die uns als Knaben bis zur Wut für das Vaterland begeistert hatten; diese wohlbekannten Klänge pochten wieder an die Pforte unserer Brust; Kamerad, wem gehörten unsere Herzen?«

»Dem Vaterland!« sagte der Major gerührt; »ja, damals, damals war ich freilich wankelmütig!«

»Wohl Ihnen, daß Sie es sonst nie waren; der Teufel weiß das recht hübsch zu machen, er läßt uns hier empfinden, glücklich werden, und dort spiegelt er noch höhere Wonne, noch größeres Glück uns vor! «

»Möglich; aber der Mann hat Kraft, dem treu zu bleiben, was er gewählt hat.«

»Das ist es«, rief der Graf, wie niedergedonnert durch dies eine Wort; »das ist es, und daraus die Selbstverachtung; und warum besser scheinen, als ich bin. Kamerad, Sie sind ein Mann von Ehre, fliehen Sie mich wie die Pest, ich bin ein Ehrloser, ein Ehrvergessener, Sie sind ein Mann von Kraft, verachten Sie mich, ich muß mich selbst verachten, wissen Sie, ich bin –«

7.

»Bedaure, bedaure unendlich«, sprach der Regisseur der Oper und rutschte mit tiefen Verbeugungen ins Zimmer, »ich unterbreche Hochdieselben?«

»Was bringen Sie uns?« erwiderte der Major, schneller gefaßt als der unglückliche Freund; »setzen Sie sich und verschmähen Sie nicht unsern Wein; was führt Sie zu uns?«

»Die traurige Gewißheit, daß ›Othello‹ doch gegeben wird. Es hilft nichts; alles Bitten ist umsonst. Ich will Ihnen nur gestehen, ich ließ die Oper einüben, hatte aber unsere Primadonna schon dahin gebracht, daß sie mir feierlich gelobte, heiser zu werden; da führt der Satan gestern abend die Sängerin Fanutti in die Stadt; sie kommt vom . . . . ner Theater, bittet die allerhöchste Theaterdirektion um Gastrollen, und stellen Sie sich vor, man sagt ihr auf nächsten Sonntag ›Othello‹ zu. Ich habe beinahe geweint, wie es mir angezeigt wurde; jetzt hilft kein Gott mehr dagegen, und doch habe ich schreckliche Ahnungen!«

»Alter Herr!« rief der Graf, der indessen Zeit gehabt hatte, sich zu sammeln. »Geben Sie doch einmal Ihren Köhlerglauben auf; ich kann Sie versichern, es soll keiner der allerhöchsten Personen ein Haar gekrümmt werden; ich gehe hinaus auf den Kirchhof, lasse mir das Grab der erwürgten Desdemona zeigen, mache ihr meine Aufwartung und bitte sie, diesmal ein Auge zuzudrücken und mich zu erwürgen. Freilich hat sie dann nur einen Grafen und kein fürstliches Blut; doch einer meiner Vorfahren hat auch eine Krone getragen!«

»Freveln Sie nicht so schrecklich«, entgegnete der Alte; »wie leicht kann Sie das Unglück mit hinabziehen! Mit solchen Dingen ist nicht zu scherzen. Überdies habe ich heute nacht im Traum einen großen Trauerzug mit Fackeln gesehen, wie man Fürsten zu begraben pflegt.«

»Schreckliche Visionen, guter Herr!« lachte der Major. »Haben Sie vielleicht vorher ein Gläschen zu viel getrunken? Und was ist natürlicher, als daß Sie solches Zeug träumen, da Sie den ganzen Tag mit Todesgedanken umgehen!«

Der Alte ließ sich nicht aus seinem Ernst herausschwatzen. »Gerade Sie, verehrter Herr, sollten nicht Spott damit treiben«, sagte er. »Ich habe Sie nie gesehen, bis zu jener Stunde, wo Sie mich mit dem Herrn Grafen besuchten, und doch gingen wir beide heute nacht miteinander dem Sarge nach, Sie weinten heftig.«

»Immer köstlicher wie lebhaft Sie träumen; darum mußte ich hieher kommen, um mit Ihnen, lieber Mann, im Traume spazieren zu gehen!«

»Brechen wir ab«, erwiderte jener, »was kommen muß, wird kommen, und wir würden vielleicht viel darum geben, hätten wir alles nur geträumt. Ich komme aber hauptsächlich zu Ihnen, um Sie zur Probe einzuladen. Sie haben sich so generös gegen uns bewiesen, daß ich mir ein Vergnügen daraus mache, Ihnen unser Personal, namentlich die neue Sängerin zu zeigen.«

Die Freunde nahmen freudig den Vorschlag an. Der Graf schien wie immer seine Heftigkeit zu bereuen, und diese Zerstreuung kam ihm erwünscht; auf dem Major hatten jene Ausbrüche einer Selbstanklage schwer und drückend gelegen; auch er nahm daher mit Dank diesen Ausweg an, um einer nähern Erklärung seines Freundes, die er eher fürchtete als wünschte, zu entfliehen.

8.

Und wirklich schien auch seit jener Stunde der Graf diese Saite nicht mehr berühren zu wollen; er schien wohl hin und wieder düster, ja die Augenblicke des tiefen Grames kehrten wieder, aber nicht mit ihnen das Geständnis einer großen Schuld, das damals schon auf seinen Lippen schwebte; er war verschlossener als sonst. Der Major sah ihn sogar einige Tage beinahe gar nicht; die Geschäfte, die ihn in diese Stadt gerufen hatten, ließen ihm wenige Stunden übrig, und diese pflegte gerade der Graf dem Theater zu widmen; denn sei es aus Lust an der Sache selbst, oder um im Sinne der Geliebten zu handeln und ihre Lieblingsoper recht glänzend erscheinen zu lassen, er war in jeder Probe gegenwärtig; sein richtiger Takt, seine ausgebreiteten Reisen, sein feiner, in der Welt gebildeter Geschmack verbesserten unmerklich manches, was dem Auge und Ohr selbst eines so scharfen Kritikers, wie der Regisseur war, entgangen wäre; und der alte Mann vergaß oft stundenlang die schwarzen Ahnungen, die seine Seele quälten, so sehr wußte Graf Zronievsky sein Interesse zu fesseln.

So war ›Othello‹ zu einer Vollkommenheit fortgeschritten, die man anfangs nicht für möglich gehalten hätte; die Oper war durch die sonderbaren Umstände, welche ihre Aufführung bisher verhindert hatte, nicht nur dem Publikum, sondern selbst den Sängern neu geworden; kein Wunder, daß sie ihr möglichstes taten, um so großen Erwartungen zu entsprechen, kein Wunder, daß man mit freudiger Erwartung dem Tag entgegensah, der den Mohren von Venedig auf die Bretter rufen sollte.

Es kam aber noch zweierlei hinzu, das Interesse des Publikums zu fesseln. Der Sängerin Fanutti war ein großer Ruf vorausgegangen, man war neugierig, wie sie sich am Theater ausnehme, wie sie Desdemona geben werde, eine Rolle, zu der man außer schönem Gesang auch ein höheres tragisches Spiel verlangte. Hiezu kam das leise Gerücht von den sonderbaren Vorfällen, die jedesmal ›Othello‹ begleitet hatten; die älteren Leute erzählten, die jüngeren sprachen es nach, zweifelten, vergrößerten, so daß ein großer Teil des Publikums glaubte, der Teufel selbst werde eine Gastrolle im ›Othello‹ übernehmen.

Der Major von Larun hatte Gelegenheit, an manchen Orten über diese Dinge sprechen zu hören; am auffallendsten war ihm, daß man bei Hof, wo er noch einige Abende zubrachte, kein Wort mehr über ›Othello‹ sprach; nur Prinzessin Sophie sagte einmal flüchtig und lächelnd zu ihm: »›Othello‹, hätten wir denn doch herausgeschlagen, Ihrer Krankheitstante, Baron, und der diplomatischen Drohung des Grafen haben wir es zu danken; wie freue ich mich auf Sonntag, auf mein Desdemona-Liedchen; wahrlich, wenn ich einmal sterbe, es soll mein Schwanengesang werden.«

»Gibt es Ahnungen?« dachte der Major bei diesen flüchtig hingeworfenen Worten, die ihm unwillkürlich schwer und bedeutungsvoll klangen; »die Sage von der gespenstigen Desdemona, die Furcht des alten Regisseurs, seine Träume vom Trauergeleite und dieser Schwanengesang!« Er sah der holden lieblichen Erscheinung nach, wie sie froh und freundlich durch die Säle glitt, wie sie, gleich dem Mädchen aus der Fremde, jedem eine schöne Gabe, ein Lächeln oder ein freundliches Wort darreichte – »wenn der Zufall es wieder wollte«, dachte er, »wenn sie stürbe!« Er verlachte sich im nächsten Augenblicke selbst, er konnte nicht begreifen, wie ein solcher Gedanke in seine vorurteilsfreie Seele kommen könne – er suchte mit Gewalt dieses lächerliche Phantom aus seiner Erinnerung zu verdrängen – umsonst! Dieser Gedanke kehrte immer wieder, überraschte ihn mitten unter den fremdartigsten Reden und Gegenständen, und immer noch glaubte er, eine süße Stimme flüstern zu hören: »Wenn ich sterbe – sei es mein Schwanengesang.«

Der Sonntag kam und mit ihm ein sonderbarer Vorfall. Der Major war nachmittags mit dem Grafen und mehreren Offizieren ausgeritten. Auf dem Heimweg überfiel sie ein Regen, der sie bis auf die Haut durchnäßte. Die Wohnung des Grafen lag dem Tore zunächst, er bat daher den Major, sich bei ihm umzukleiden; einen Hut des Freundes auf dem Kopf, in einen seiner Überröcke gehüllt, trat der Major aus dem Hause, um in seine eigene Wohnung zu eilen. Er mochte einige Straßen gegangen sein, und immer war es ihm, als schleiche jemand allen seinen Tritten nach. Er blieb stehen, sah sich um, und dicht hinter ihm stand ein hagerer, großer Mann in einem abgetragenen Rock. »Dies an Sie, Herr!« sagte er mit dumpfer Stimme und durchdringendem Blick, drückte dem Erstaunten ein kleines Billet in die Hand und sprang um die nächste Ecke. Der

Major konnte nicht begreifen, woher ihm, in der völlig fremden Stadt, solche geheimnisvolle Botschaft kommen sollte? Er betrachtete das Billet von allen Seiten, es war ein feines, glänzendes Papier, in eine Schleife künstlich zusammengeschlungen, mit einer schönen Kamee gesiegelt. Keine Aufschrift. »Vielleicht will man sich einen Scherz mit dir machen«, dachte er und öffnete es sorglos noch auf der Straße; er las und wurde aufmerksam, er las weiter und erblaßte, er steckte das Papier in die Tasche und eilte seiner Wohnung, seinem Zimmer zu.

Es war schon Dämmerung gewesen auf der Straße, er glaubte nicht recht gelesen zu haben, er rief nach Licht. Aber auch beim hellen Schein der Kerzen blieben die unseligen Worte fest und drohend stehen.

»Elender! Du kannst Dein Weib, Deine kleinen Würmer im Elend schmachten lassen, während Du vor der Welt in Glanz und Pracht auftrittst? Was willst Du in dieser Stadt? Willst Du ein ehrwürdiges Fürstenhaus beschimpfen; seine Tochter so unglücklich machen, als Du Dein Weib gemacht hast! Fliehe; in der Stunde, wo Du dieses liesest, weiß Pr. Sph. das schändliche Geheimnis Deines Betrugs.«

Der Major war keinen Augenblick im Zweifel, daß diese Zeilen an den Grafen gerichtet, daß sie durch Zufall, vielleicht weil er in des Freundes Kleidern über die Straße gegangen, in seine Hände geraten seien. Jetzt wurden ihm auf einmal jene Ausbrüche der Verzweiflung klar; es war Reue, Selbstverachtung, die in einzelnen Momenten die glänzende Hülle durchbrochen, womit er sein trügerisches Spiel bedeckt hatte. Laruns Blicke fielen auf die Zeilen, die er noch immer in der Hand hielt, jene Chiffern Pr. Sph. konnten nichts anderes bedeuten als den Namen des holden, jetzt so unglückseligen Geschöpfes, das jener gewissenlose Verräter in sein Netz gezogen hatte. Der Major war ein Mann von kaltem, berechnendem Blick, von starkem, konsequentem Geiste; er hatte sich selten oder nie von einem Gegenstand überraschen oder außer Fassung setzen lassen, aber in diesem Augenblick war er nicht mehr Herr über sich; Wut, Grimm, Verachtung kämpften wechselweise in seiner Seele. Er suchte sich zu bezwingen, die Sache von einem milderen Gesichtspunkt anzusehen, den Grafen durch seinen Charakter, seinen grenzenlosen Leichtsinn zu entschuldigen; aber der Gedanke an Sophie, der Blick auf »das Weib und die armen kleinen Würmer« des Elenden verjagten jede mildernde Gesinnung, brausten wie ein Sturm durch seine Seele; ja, es gab Augenblicke, wo seine Hand krampfhaft nach der Wand hinzuckte, um die Pistolen herunterzureißen und den schlechten Mann noch in dieser Stunde zu züchtigen. Doch die Verachtung gegen ihn bewirkte, was mildere Stimmen in seiner Brust nicht bewirken konnten; »er muß fort, noch diese Stunde«, rief er; »die Unglückliche, die er betörte, darf um keinen Preis erfahren, welchem Elenden sie ihre erste Liebe schenkte. Sie soll ihn beweinen, vergessen; ihn verachten zu müssen, könnte sie töten.« Er warf diese Gedanken schnell aufs Papier, raffte eine große Summe, mehr als er entbehren konnte, zusammen, legte den unglücklichen Brief bei und schickte alles durch seinen Diener an den Grafen.

Es war die Stunde, in die Oper zu fahren; wie gerne hätte der Major heute keinen Menschen mehr gesehen, und doch glaubte er es der Prinzessin schuldig zu sein, sie vor der gedrohten Warnung zu bewahren. Er sann hin und her, wie er dies möglich machen könne, es blieb ihm nichts übrig, als sie zu beschwören, keinen Brief von fremden Händen anzunehmen.

Er warf den Mantel um und wollte eben das Zimmer verlassen, als sein Diener zurückkam, er hatte das Paket an den Grafen noch in der Hand. »Seine Exzellenz sind soeben abgereist«, sagte er und legte das Paket auf den Tisch.

»Abgereist?« rief der Major, »nicht möglich!«

»Vor der Türe ist sein Jäger, er hat einen Brief an Sie; soll ich ihn hereinbringen?«

Der Major winkte, der Diener führte den Jäger herein, der ihm weinend einen Brief übergab. Er riß ihn auf »Leben Sie wohl auf ewig! Der Brief, der, wie ich soeben erfahre, vor einer Stunde in Ihre Hände kam, wird meine Abreise sans Adieu entschuldigen. Wird mein Kamerad von sechs Feldzügen einer geliebten Dame den Schmerz ersparen, meinen Namen in allen Blättern aufrufen zu hören? wird er die wenigen Posten decken, die ich nicht mehr bezahlen kann?«

»Wann ist Euer Herr abgereist?«

»Vor einer Viertelstunde, Herr Major!«

»Wußtet Ihr um seine Reise?«

»Nein, Herr Major! Ich glaube, Seine Exzellenz wußten es heute nachmittag selbst noch nicht; denn sie wollten heute abend ins Theater fahren. Um fünf Uhr ging der Herr Graf zu Fuß aus und ließ mich folgen. Da begegnete ihm an der reformierten Kirche ein großer, hagerer Mann, der bei seinem Anblick sehr erschrak. Er ging auf meinen Herrn zu und fragte, ob er der Graf Zronievsky sei? Mein Herr bejahte es; darauf fragte er, ob er vor einer Viertelstunde ein Billet empfangen? Der Herr Graf verneinte es.

Nun sprach der fremde Mann eine Weile heimlich mit meinem Herrn; er muß ihm keine gute Nachricht gegeben haben, denn der Herr Graf wurde blaß und zitterte; er kehrte um nach Hause, schickte den Kutscher nach Postpferden, ich mußte schnell zwei Koffer packen; der Reisewagen mußte vorfahren. Der Herr Graf verwies mich mit den Rechnungen und allem an Sie und fuhr die Straße hinab zum Süder- Tor hinaus. Er nahm vorher noch Abschied von mir, ich glaube für immer.«

Der Major hatte schweigend den Bericht des Jägers angehört; er befahl ihm, den nächsten Morgen wieder zu kommen und fuhr ins Theater. Die Ouvertüre hatte schon begonnen, als er in die Loge trat, er warf sich auf einen Stuhl nieder, von wo er die fürstliche Loge beobachten konnte. In allem Schmuck ihrer natürlichen Schönheit und Anmut saß Prinzessin Sophie neben ihrer Mutter. Ihr Auge schien vor Freude zu strahlen, eine heitere Ruhe lag auf ihrer Stirne, um den feingeschnittenen Mund wehte ein holdes Lächeln.. vielleicht der Nachklang eines heiteren Scherzes – sie hatte ja jetzt ihren Willen durchgesetzt, ›Othello‹ war es, der den Saal und die Logen des Hauses gefüllt hatte. Jetzt nahm sie die Lorgnette vor das Auge, wie letzthin schien sie eifrig im Hause nach etwas zu suchen – argloses Herz; du schlägst vergebens dem Geliebten entgegen; deine liebevollen Blicke werden ihn nicht mehr finden, dein Ohr lauscht vergebens, ob nicht sein Schritt im Korridor erschallt, du beugst umsonst den schönen Nacken zurück, die Türe will sich nicht öffnen, seine hohe, gebietende Gestalt wird sich dir nicht mehr nahen.

Sie senkte das Glas; ein Wölkchen von getäuschter Erwartung und Trauer lagerte sich unter den blonden Locken, die schönen

Bogen der Brauen zogen sich zusammen und ließen ein kaum merkliches Fältchen des Unmuts sehen. Die feinen seidenen Wimpern senkten sich wie eine durchsichtige Gardine herab, sie schien zu sinnen, sie zeichnete mit der Lorgnette auf die Brüstung der Loge. – Sind es vielleicht seine Chiffern, die sie in Gedanken versunken vor sich hinschreibt? Wie bald wird sie vielleicht dem Namen fluchen, der jetzt ihre Seele füllt!

Dem Major traten unwillkürlich Tränen in die Augen, als er Sophie betrachtete. »Noch ahnet sie nicht, was ihrer wartet«, dachte er, »aber nie, nie soll sie erfahren, wie elend der war, den sie liebte.« Der Gedanke an diesen Elenden bemächtigte sich seiner aufs neue; er drückte die Augen zu, verfluchte die menschliche Natur, die durch Leichtsinn und Schwäche aus einem erhabenen Geist, aus einem tapfern Mann einen ehrvergessenen, treulosen Betrüger machen könne.

Der Major hat oft gestanden, daß einer der schrecklichsten Augenblicke in seinem Leben der gewesen sei, wo er im ersten Zwischenakt ›Othellos‹ in die fürstliche Loge kam. Es war ihm zu Mut, als habe er selbst an Sophien gefrevelt, als sei er es, der ihr Herz brechen müsse. Der Gedanke war ihm unerträglich, sie arglos, glücklich, erwartungsvoll vor sich zu sehen und doch zu wissen, welch namenloses Unglück ihrer warte. Er trat ein; ihre Blicke begegneten ihm sogleich; sie hatte wohl oft nach der Türe gesehen. Mit hastiger Ungeduld übersah sie einen Prinzen und zwei Generale, die sich ihr nahen wollten, sie winkte den Major heran. »Haben wir jetzt unsern ›Othello‹?« sagte sie; »Sind Sie nicht auch glücklich, erwartungsvoll? – doch einen unserer Othelloverschworenen sehe ich nicht«, flüsterte sie leiser, indem sie leicht errötete; »der Graf ist sicherlich hinter den Kulissen, um recht warmen Dank zu verdienen, wenn er alles recht schön machen läßt?«

»Verzeihen Euer Hoheit«, erwiderte der Major, mühsam nach Fassung ringend; »der Graf läßt sich entschuldigen, er ist schnell auf einige Tage verreist.«

Sophie erbleichte; »verreist, also nicht in der Oper? Wohin riefen ihn denn so schnell seine Geschäfte? O, das ist gewiß ein Scherz, den Sie beide zusammen machen«, rief sie, »glauben Sie denn, er werde nur so schnell weggehen, ohne sich zu beurlauben? Nein,

nein, das gibt irgend einen hübschen Spaß. Jetzt weiß ich auch, woher mir ein gewisses Briefchen zukam.«

Der Major erschrak, daß er sich an dein nächsten Stuhl halten mußte. »Ein Briefchen!« fragte er mit bebender Stimme, eine schreckliche Ahnung stieg in ihm auf.

»Ja, ein zierliches Billetchen«, sagte sie und ließ neckend das Ende eines Papiers unter dem breiten Bracelet hervorgehen, das ihren schönen Arm umschloß. »Ein Briefchen, das man recht geheimnisvoll mir zugesteckt hat. Ich sehe es Ihnen an den Augen an, Sie sind im Komplott. Ich habe noch keine Gelegenheit gefunden, es zu öffnen, denn einen solchen Scherz muß man nicht öffentlich machen, aber sobald ich in mein Boudoir komme –«

»Durchlaucht! ich bitte um Gottes willen, geben Sie mir das Billet«, sagte der Major, von den schrecklichsten Qualen gefoltert; »es ist gar nicht einmal an Sie, es ist in ganz unrechte Hände gekommen.«

»So? um so besser; das gebe ich um keine Welt heraus, das soll mir Aufschluß geben über die Geheimnisse gewisser Leute! An eine Dame war es also auf jeden Fall; es ist wirklich hübsch, daß es gerade in meine Hände kam.«

Der Major wollte noch einmal bitten, beschwören, aber der Prinz fuhr mit seinem Kopf dazwischen, die beiden Generale fielen mit Fragen und Neuigkeiten herein, er mußte sich zurückziehen. Verfolgt von schrecklichen Qualen, ging er zu seiner Loge zurück, er preßte seine Augen in die Hand, um die Unglückliche nicht zu sehen, und immer wieder mußte er von neuem hinschauen, mußte von neuem die Qualen der Angst, die Gewißheit des nahenden Unglücks mit seinen Blicken einsaugen.

Die Diamanten am Schlosse ihres Armbandes spielten in tausend Lichtern, ihre Strahlen zuckten zu ihm herüber, sie drangen wie tausend Pfeile in sein Herz. »Welchen Jammer verschließen jene Diamanten! Wenn sie im einsamen Gemach diese Bänder öffnet, öffnet sie nicht zugleich die Pforte eines grauenvollen Frevels? Ihr Puls schlägt an diese unseligen Zeilen, wie ihr Herz für den Geliebten pocht; wird es nicht stille stehen, wenn das Siegel springt und das ahnungslose Auge auf eine furchtbare Kunde fällt?«

Desdemona stimmte ihre Harfe; ihre wehmütigen Akkorde zogen flüsternd durch das Haus, sie erhob ihre Stimme, sie sang – ihren Schwanengesang. Wie wunderbar, wie mächtig ergriffen diese melancholischen Klänge jedes Herz; so einfach, so kindlich ist dieses Lied, und doch von so hohem tragischem Effekt! Man fühlt sich bange und beengt, man ahnt, welch grauenvolles Schicksal ihrer warte, man glaubt den Mörder in der Ferne schleichen zu hören, man fühlt die unabwendbare Macht des Schicksals näher und näher kommen, es umtauscht sie wie die Fittiche des Todes. Sie ahnet es nicht; sanft, arglos wie ein süße Kind sitzt sie an der Harfe, nur die Schwermut zittert in weichen Klängen aus ihrer Brust hervor, aus diesem vollen, liebewarmen Herzen, für das der Stahl schon gezückt ist. Sie flüstert Liebesgrüße in die Ferne nach ihm, der sie zermalmen wird; ihre Sehnsucht scheint ihn in ihre Arme zu rufen, er wird kommen – sie zu morden; sie betet für ihn, Desdemona segnet ihn der ihr den Fluch gibt.

Der Major teilte seine Blicke zwischen der Sängerin und Sophien. Sie lauschte in Wehmut versunken auf das Lieblingslied, eine Träne hing in ihren Wimpern, sie weinte unbewußt über ihr eigenes Geschick; die Akkorde der Harfe vorschwebten, Sophie sah sinnend, träumend vor sich hin. »Wenn ich einst sterbe, soll es mein Schwanengesang sein«, klang es in der Erinnerung des Majors; »wahrlich! sie hat wahr gesagt«, sprach er zu sich, »es war der Schwanengesang ihres Glückes.« Othello trat auf. Sophiens Aufmerksamkeit war jetzt nicht mehr auf die Oper gerichtet, sie sah herab auf ihr Armband, sie spielte mit dem Schloß; ein heiteres Lächeln verdrängte ihre Wehmut, ihre Blicke streiften nach der Loge des Majors herüber – er strengte angstvoll seine Blicke an – Gott im Himmel, sie schiebt das unglückselige Papier hervor und verbirgt es in ihr Tuch – er glaubt zu sehen, wie sie heimlich das Siegel bricht – verzweiflungsvoll stürzt er aus seiner Loge den Korridor entlang. Er weiß nicht warum, es treibt ihn mit unsichtbarer Gewalt der fürstlichen Loge zu, er ist nur noch einige Schritte entfernt – da hört er ein Geräusch in dem. Haus, man kommt aus der Loge, Bediente und Kammerfrauen eilen ängstlich an ihm vorüber, eine schreckliche Ahnung sagt ihm schon vorher, was es, bedeute, er fragt, er erhält die Antwort. »Prinzessin Sophie ist plötzlich in Ohnmacht gesunkenen!«

9.

Düster, zerrissen in seinem Innern, saß einige Tage nach diesem Vorfall der Major Larun in seinem Zimmer. Seine Stirne ruhte in der Hand, sein Gesicht war bleich, seine Augen halb geschlossen, der sonst so starke Mann zerdrückte manche Träne, die sich über seine Wimpern stehlen wollte. Er dachte an das schreckliche Geschick, in dessen innerstes Gewebe ihn der Zufall geworfen; er sah alle diese feinen Fäden, die, wenigen Augen außer ihm sichtbar, so lose sich anknüpften; er sah, wie sie weiter gesponnen, wie sie verknüpft und gedoppelt zu einem nur zu festen Netz um ein zartes, unglückliches Herz sich schlangen. Unbesiegbare Bitterkeit mischte sich in diese trüben Erinnerungen; sein alter Waffenfreund, ein so glänzendes Meteor am Horizont der Ehre, ein so braver Soldat und jetzt ein Elender, Ehrvergessener, der, ohne nur entfernt einen andern Ausgang erwarten zu können, mit allen Künsten der Liebe die unbewachten Sinne eines kaum zur Jungfrau erblühten Kindes betörte. In diese Gedanken mischte sich das Bild dieses so unendlich leidenden Engels, mischte sich die Angst vor einer Szene, welcher er in der nächsten Stunde entgegengehen sollte. Eine angesehene Dame, die Oberhofmeisterin der Prinzessin Sophie, hatte ihn diesen Nachmittag zu sich rufen lassen. Sie entdeckte ihm ohne Hehl, daß Sophie von einer schweren Krankheit befallen sei, daß die Ärzte wenig Hoffnung geben, denn sie nennen ihre Krankheit einen Nervenschlag. Sie sagte ihm weiter, die Prinzessin habe ihr alles gesagt, sie habe ihr kein Wort dieses strafbaren Verhältnisses verschwiegen. Sie wisse, daß in der Residenz nur ein Mensch lebe, der jenen Grafen Zronievsky näher gekannt habe, dies sei der Baron von Larun. Mit einer Angst, einem Verlangen, das an Verzweiflung grenze, dringe die Unglückliche darauf, mit ihm ohne Zeugen zu sprechen. Die Oberhofmeisterin wüßte wohl, wie sehr dies gegen die Vorschriften laufe, welche die Etikette ihr auferlegen, aber der Anblick des jammernden Kindes, das nur noch dies eine Geschäft auf der Erde abmachen zu wollen schien, erhob sie über die Schranken ihrer Verhältnisse, sie wagte es, dem Major den Vorschlag zu machen, diesen Abend unter ihrer Begleitung heimlich zu der Kranken zu gehen.

Der Major hatte nicht nein gesagt. Er wußte, daß er ihr nichts Tröstliches sagen könne, er fühlte aber, wie in einem so tiefen Gram das Verlangen nach Mitteilung unüberwindlich werden müsse.

Aber was sollte er ihr sagen? Mußte er nicht befürchten, von ihrem Anblick, von den trüben Erinnerungen der letzten Tage so bestimmt zu werden, daß sein lauter Schmerz sie noch unglücklicher machte? Er war noch in diese Gedanken versunken, als ihm gemeldet wurde, daß man ihn erwarte; die alte Oberhofmeisterin hielt in ihrem Wagen vor dem Hause; er setzte sich schweigend neben ihre Seite.

»Sie werden die Prinzessin sehr schlecht finden«, sagte diese Dame mit Tränen; »ich gebe alle Hoffnung auf. Ich kann mir nicht denken, daß in der Unterredung mit Ihnen, Herr Baron, noch etwas Rettendes liegen könne. Wenn Sie ihr keinen Trost geben können, so verlischt sie uns wie eine Lampe, die kein Öl mehr hat, um ihre Flamme zu nähren; und wollten Sie ihr Trost, Hoffnung geben, so sind diese Gefühle in ihren Verhältnissen von so unnatürlicher Art, daß ich beinahe wünschen müßte, sie möge eher sterben, als ihrem Hause Schande machen.«

»Also werde ich ihr den Tod bringen müssen«, sagte der Major bitter lächelnd; – »weiß man in der Familie um diese Geschichten? Was denkt man von der Krankheit?«

»Wie ich Ihnen sagte, Herr Baron; die Familie, der Hof und die Stadt weiß nicht anders, als daß sie sich erkältet haben muß; die törichten Leute bringen auch noch die fatale Oper ins Spiel und lassen sie am ›Othello‹ sterben. Was wir beide wissen, weiß sonst niemand; es gibt einige Damen, die dieses Verhältnis früher ahnten, aber nicht genau wußten.«

»Und doch fürchte ich«, entgegnete der Major, indem er seinen durchdringenden Blick auf die Dame an seiner Seite heftete, »ich fürchte, sie stirbt an einem sehr gewagten Bubenstück. Man hat dieses Verhältnis geahnt, nachgespürt, es wurde zur Gewißheit, man suchte eine Trennung herbeizuführen, man spürte die Verhältnisse des Grafen aus –«

»Glauben Sie?« sagte die Oberhofmeisterin blaß und mit bebenden Lippen, indem sie umsonst versuchte, den Blick des Majors auszuhalten.

»Man forschte diese Verhältnisse aus«, fuhr der Major fort; »man suchte ihn von hier wegzuschrecken, indem man ihm drohte, der Prinzessin zu sagen, daß er verheiratet sei. Bis hieher war der Plan nicht übel; es gehörte einem solchen Elenden, daß man nicht gelinder mit ihm verfuhr. Aber man ging weiter; man wollte auch die unglückliche Dame schnell von ihrer Liebe heilen, man machte sie mit dem Geheimnis des Grafen bekannt, man glaubte, sie werde alles über Nacht vergessen. Und hier war der Plan auf die Nerven eines Dragoners berechnet, aber nicht auf das Herz dieses zarten Kindes.«

»Ich muß bitten, zu bedenken«, entgegnete die Oberhofmeisterin mit ihrer früheren Kälte, aber mit flehenden Blicken, »daß dieses zarte Kind eine Prinzessin des fürstlichen Hauses ist, daß sie erzogen wurde, um mit Anstand über solche Mißverhältnisse wegzugehen. Sollte wirklich irgend ein solcher Plan vorhanden gewesen sein, so kann ich die Handelnden nicht tadeln, sie haben wahrhaftig geschickt operiert –«

»Sie haben ihren Zweck erreicht, sie wird sterben«, unterbrach sie der Major.

»Ich hätte meinen Zweck erreicht? mein Herr, ich muß bitten –«

»Sie?« sagte Larun mit gleichgültiger Stimme; »von Ihnen, gnädige Frau, sprach ich nicht, ich sagte: sie, die Handelnden, die Operierenden.«

Die alte Dame biß sich in die Lippen und schwieg. Wenige Augenblicke nachher waren sie an einer Seitenpforte des Palais angelangt. Ein alter Diener führte sie durch ein Labyrinth von Korridoren und Treppen. Endlich wurden die Gänge breiter, die Beleuchtung auf elegantere Art angebracht, der Major bemerkte, daß sie in den bewohnteren Flügel des Schlosses gelangt seien. Der Alte winkte in eine Seitentüre. Der Weg ging jetzt durch mehrere Gemächer, bis in einen Salon, der wohl zu den Appartements der Prinzessin gehören mochte, als die Oberhofmeisterin dem Major zuflüsterte, er möchte einstweilen in einem Fauteuil sich gedulden, bis sie ihn rufen lasse.

Nach einer tödlich langen Viertelstunde erschien sie wieder. Sie sagte ihm, daß nach dem ausdrücklichen Willen der Kranken er allein mit ihr sein werde; sie selbst wolle sich als ›Garde de Dame‹ an die Türe setzen, wo sie gewiß nichts hören könne, wenn man nicht gar zu laut spreche. Übrigens dürfe er nicht länger als eine Viertelstunde bleiben. Der Major trat ein. Das prachtvolle Gemach mit seinen schimmernden Tapeten und goldenen Leisten, die reiche Draperie der Gardinen, die bunten Farben des türkischen Fußteppichs taten seinem Auge wehe, denn das Gemüt will ein leidendes Herz, einen kranken Körper nicht mit den Flittern der Hoheit umgeben sehen. Und wie groß war der Kontrast zwischen diesem Glanz der Umgebung und diesem zarten, lieblichen Kind, das in einem einfachen, weißen Gewand auf einer prachtvollen Ottomane lag.

Der Eindruck, den ihre Züge, ihre Gestalt, ihr ganzes Wesen zum erstenmal auf ihn gemacht hatten, kehrte auch jetzt wieder in die Seele des Majors. Es war ihre einfache, ungeschmückte Schönheit, ihre stille Größe, verborgen hinter dem Zauber kindlicher Liebenswürdigkeit, was ihn angezogen hatte. Wohl blendete ihn damals der Glanz der frischen, jugendlichen Farben, die lebhaft strahlenden Augen, jenes gewinnende, huldvolle Lächeln, das ihre feinen rosigen Lippen umschwebte. Ein Nachtfrost hatte diese Blüten abgestreift; aber gab ihr nicht diese durchsichtige Blässe, diese stille Trauer in dem sinnigen Auge, dieser wehmütige Zug um den Mund, der nie mehr scherzte, eine noch erhabenere Schönheit, einen noch gefährlicheren Zauber? Der Major stand einige Schritte von ihr stille und betrachtete sie mit tiefer Rührung. Sie winkte ihm nach einem Taburett, das zu ihren Füßen stand, sie sprach, ihre Stimme hatte zwar jenes helle Metall verloren, das sonst ihre heiteren Scherze, ihr fröhliches Lachen ertönen ließ, aber diese weichen, rührenden Töne drangen tiefer. – »Es wäre töricht von mir, Herr Baron«, sprach sie, »wollte ich Sie lange in Ungewißheit lassen, warum ich Sie rufen ließ. Ich weiß, daß der Graf Sie, als seinen besten Freund, von einem Verhältnis unterrichtet hat, das nie hätte bestehen sollen. – Erinnern Sie sich noch des Abends in ›Othello‹? Ich sagte Ihnen von einem Billet, das ich bekommen habe, ich erinnere mich, daß Sie mir es wiederholt abforderten; warum haben Sie das getan?«

»Warum, fragen Euer Durchlaucht? weil ich den Inhalt ahnte, zu wissen glaubte.«

»Also doch!« rief sie, und eine Träne drang aus ihrem schönen Auge; »also doch! Ich hielt Sie, seit dem ersten Augenblick, wo ich Sie sah, für einen Mann von Ehre; wenn Sie die Verhältnisse des Grafen wußten, warum haben Sie ihn nicht bälder entfernt, warum mir nicht den Schmerz erspart, ihn verachten zu müssen?«

»Ich kann bei allem, was mir heilig ist, bei meiner Ehre schwören«, entgegnete der Major, »daß ich kaum eine Stunde, bevor ich zu Eurer Durchlaucht in die Loge trat, diese Verhältnisse durch ein Papier erfahren habe, das durch Zufall, statt in des Grafen Hände, in die meinigen kam. Als ich den Grafen darüber zur Rede stellen wollte, hatte er schon Nachricht davon bekommen und war abgereist. Ich ahnte aus gewissen Winken, die jenes Briefchen enthielt, daß auch Sie nicht verschont bleiben würden; umsonst versuchte ich das unglückliche Blättchen Eurer Durchlaucht abzuschwatzen.«

»Sie glauben also an diese Erfindung?« fragte Sophie, indem ihre Tränen heftiger strömten; »ach, es ist ja nur ein Kunstgriff gewisser Leute, die ihn von uns entfernen wollten. Lesen Sie dieses Billet, es ist dasselbe, das ich erhielt; gestehen Sie selbst, es ist Verleumdung!«

Der Major las: »Der Graf v. Z. ist verheiratet; seine Gemahlin lebt in Avignon; drei kleine Kinder weinen um ihren Vater. – Sollte eine erlauchte Dame so wenig Ehrgefühl, so wenig Mitleid besitzen, ihn diesen Banden noch länger zu entziehen?«

Es war dieselbe Handschrift, dasselbe Siegel wie jenes Billets, das er selbst bekommen hatte. Er sah noch immer in diese Zeilen; er wagte nicht, aufzuschauen, er wußte nicht zu antworten; denn seine strengen Begriffe von Wahrheit erlaubten ihm nicht, gegen seine Überzeugung zu sprechen; das tiefe Mitleid mit ihrem Schmerz ließ ihn ihre Hoffnung nicht so grausam niederschlagen.

»Sehen Sie«, fuhr sie fort, als er noch immer schwieg »wie ich dieses Briefchen arglos, neugierig erbrach, so überraschten mich jene schrecklichen Worte Gatte, Vater wie eine Stimme des Gerichtes.

Die Sinne schwanden mir; ich wurde recht krank und elend; aber so oft ich nur eine Stunde mich leichter fühle, steigt meine Hoffnung wieder; ich glaube, Zronievsky kann doch nicht so gar schlecht gewesen sein, er kann mich nicht so schrecklich betrogen haben. Lächeln Sie doch, Major, seien Sie freundlich.

- Ich erlaube Ihnen, Sie dürfen mich verspotten, weil ich mich durch diese Zeilen so ganz außer Fassung bringen ließ – aber nicht wahr, Sie meinen selbst, es ist eine Lüge, es ist Verleumdung?«

Der Major war außer sich; was sollte er ihr sagen? Sie hing so erwartungsvoll an seinen Lippen, es war, als sollte ein Wort von ihm sie ins Leben rufen ihr Auge strahlte wieder, jenes holde Lächeln erschien wieder auf ihren lieblichen Zügen – sie lauschte wie auf die Botschaft eines guten Engels.

Er antwortete nicht, er sah finster auf den Boden; da verschwand allmählich die frohe Hoffnung aus ihren Zügen, das Auge senkte sich, der kleine Mund preßte sich schmerzlich zusammen, das zarte Rot, das noch einmal ihre Wangen gefärbt hatte, floh; sie senkte ihre Stirne in die schöne Hand, sie verbarg ihre weinenden Augen.

»Ich sehe«, sagte sie, »Sie sind zu edel, mir mit Hoffnungen zu schmeicheln, die nach wenigen Tagen wieder verschwinden müßten. Ich danke Ihnen, auch für diese schreckliche Gewißheit. Sie ist immer besser als das ungewisse Schweben zwischen Schmerz und Freude; und nun, mein Freund, nehmen Sie dort das Kästchen, suchen Sie es ihm zuzustellen, es enthält manches, was mir teuer war – doch nein, lassen Sie es mir noch einige Tage, ich schicke es Ihnen, wenn ich es nicht mehr brauche.

Es ist mir, als werde ich nicht mehr lange leben«, fuhr sie nach einigen Augenblicken fort; »ich bin gewiß nicht abergläubisch, aber warum muß ich gerade nach diesem fatalen ›Othello‹ krank werden?«

»Ich hätte nicht gedacht, daß dieser Gedanke nur einen Augenblick Ew. Durchlaucht Sorge machen könnte!« sagte der Major.

»Sie haben recht, es ist töricht von mir; aber in der Nacht, als man mich krank aus der Oper brachte, träumte mir, ich werde sterben. Eine ernste, finstere junge Dame kam mit einem Plumeau von roter Seide auf mich zu, deckte ihn über mich her und preßte ihn immer stärker auf mich, daß ich beinahe erstickte. Dann kam plötzlich mein Großoheim, der Herzog Nepomuk, geradeso, wie er gemalt in der Galerie hängt, und befreite mich von dem beengenden Druck, und das Sonderbarste ist –«

»Nun?« fragte der Baron lächelnd, »was fing denn der gemalte Herzog mit Desdemona an;«

Die Prinzessin staunte. »Woher wissen Sie denn, daß die Dame Desdemona ist? Ich beschwöre Sie, woher wissen Sie dies?«

Der Major schwieg einen Augenblick verlegen. »Was ist natürlicher«, antwortete er dann, »als daß Sie von Desdemona träumen? Sie hatten sie ja am Abende zuvor in einem roten Bette verscheiden sehen.«

»Sonderbar, daß Sie auch gleich auf den Gedanken kamen. Das Sonderbarste aber ist, ich wachte auf, als der Herzog mich befreite, ich wachte in der Tat auf und sah – wie jene Dame mit dem Plumeau unter dem Arm langsam zur Türe hinausging. Seit dieser Nacht träume ich immer dasselbe, immer beengender wird ihr Druck, immer später kommt mir der Herzog zu Hilfe, aber immer sehe ich sie deutlich aus dem Zimmer schweben Und als ich gestern abend mir die Harfe bringen ließ und mein liebes Desdemona-Liedchen spielte, da – spotten Sie immer über mich! da ging die Türe auf und jene Dame sah ins Zimmer und nickte mir zu.«

Sie hatte dieses halb scherzend, halb in Ernst erzählt; sie wurde ernster; »nicht wahr, Major«, sagte sie, »wenn ich sterbe, gedenken Sie auch meiner? Das Andenken eines solchen Mannes ist mir wert.« »Prinzessin!« rief der Major, indem er vergebens seine Wehmut zu bezwingen suchte, »entfernen Sie doch diese Gedanken, die unmöglich zu Ihrer Genesung heilsam sein können!«

Die Oberhofmeisterin erschien in der Türe und gab ein Zeichen, daß die Audienz zu Ende sein müsse. Sophie reichte dem Major die Hand zum Kusse, er hat nie mit tieferen Empfindungen von Schmerz, Liebe und Ehrfurcht die Hand eines Mädchens geküßt. Er erhob sein Auge noch einmal zu ihr auf, er begegnete ihren Blicken, die voll Wehmut auf ihm ruhten. Die Oberhofmeisterin trat mit einer Amtsmiene näher; der Major stand auf; wie schwer wurde es ihm, mit kalten gesellschaftlichen Formen sich von einem Wesen zu trennen, das ihm in wenigen Minuten so teuer geworden war.

»Ich hoffe«, sagte er, »Euer Durchlaucht bei der nächsten Cour ganz hergestellt wiederzusehen.«

»Sie hoffen, Major?« entgegnete sie schmerzlich lächelnd; »leben Sie wohl, ich habe zu hoffen aufgehört.«

10.

Die Residenz war einige Tage mit nichts anderem als der Krankheit der geliebten Prinzessin beschäftigt; man sagte sie bald sehr krank, bald gab man wieder Hoffnung; ein Schwanken, das für alle, die sie näher kannten, schrecklich war. An einem Morgen, sehr frühe, brachte ein Diener dem Major ein Kästchen. Ein Blick auf dieses wohlbekannte Behältnis und auf die Trauerkleider des Dieners überzeugten ihn, daß die Prinzessin nicht mehr sei. Es war ihm, als sei dieses liebliche Wesen ihm, ihm allein gestorben. Er hatte viel verloren auf der Erde, und doch hatte kein Verlust so empfindlich, so tief seine Seele berührt als dieser. Es war ihm, als habe er nur noch ein Geschäft auf der Erde, das Vermächtnis der Verstorbenen an seinen Ort zu befördern; er würde diese Stadt, die so drückende Erinnerungen für ihn hatte, sogleich verlassen haben, hätte ihn nicht das Verlangen zurückgehalten, ihre sterblichen Reste beisetzen zu sehen. Als die feierlichen Klänge aller Glocken, als die Trauertöne der Musik und die langen Reihen der Fackelträger verkündeten, daß Sophie zu der Gruft ihrer Ahnen geführt werde, da verließ er zum erstenmal wieder sein Haus und schloß sich dem Zuge an. Er hörte nicht auf das Geflüster der Menschen, die sich über die Ursachen ihrer Krankheit, ihres Todes besprachen; er hatte nur einen Gedanken, nur jener Augenblick, wo ihr Auge noch einmal auf ihm geruht hatte, wo seine Lippen ihre Hand berührten, stand vor seiner Seele. Man nahm die Insignien ihrer hohen Geburt von der Bahre, man senkte sie langsam hinab zum Staub ihrer Ahnen. Die Menge verlor sich, die Begleiter löschten ihre Fackeln aus und verließen die Halle; der Major warf noch einen Blick nach der Stelle, wo sie verschwunden war, und ging.

Vor ihm ging mit unsicheren, schleppenden Schritten ein alter Mann, der heftig weinte. – Als der Major an seiner Seite war, sah jener sich um, es war der Regisseur der Oper. Der Alte trat näher zu ihm, sah ihn lange an, schien sich auf etwas zu besinnen und sprach dann: »Möchten Sie nicht, Herr Baron, wir hätten nur geträumt, und jenes liebliche Kind, das man begraben hat, wäre noch am Leben?«

»Warum mahnen Sie mich!« rief der Major mit unwillkürlichem Grauen; »ja, bei Gott, es ist so, wie Sie träumten; sie ist begraben, und wir beide gehen nebeneinander von ihrem Grab.«

»Drum soll der Mensch nie mit dem Schicksal scherzen«, sagte der Alte mit trübem Ernst. »Ist es heute nicht elf Tage, daß wir ›Othello‹ gaben? Am achten ist sie gestorben.«

»Zufall, Zufall!« rief der Major. »Wollen Sie Ihren Wahnsinn auch jetzt noch fortsetzen? weiß ich nicht nur zu gut, an was sie starb? Wohl hat ein Dolch ihre Seele, wie Desdemonas Brust, durchstoßen; ein Elender, schwärzer als Ihr Othello, hat ihr Herz gebrochen; aber dennoch ist es Aberglauben, Wahnsinn, wenn Sie diesen Tod und Ihre Oper zusammenreimen!«

»Unser Streit macht sie nicht wieder lebendig«, sagte der Alte mit Tränen. »Glauben Sie, was Sie wollen, Verehrter! ich werde es, wie ich es weiß, in meiner Opernchronik notifizieren. Es hat so kommen müssen!«

»Nein!« erwiderte der Major beinahe wütend, »nein, hat nicht so kommen müssen; ein Wort von mir hätte sie vielleicht gerettet. Bringen Sie mir um Gottes willen Ihren ›Othello‹ nicht ins Spiel; es ist Zufall, Alter; ich will es haben, es ist Zufall!«

» Es gibt, mit Ihrer Erlaubnis, keinen Zufall; es gibt nur Schickung. Doch ich habe die Ehre, mich zu empfehlen, denn hier ist meine Behausung. Glauben Sie übrigens, was Sie wollen«, setzte der Alte hinzu, indem er die kalte Hand des Majors in der seinigen preßte, »das Faktum ist da, sie starb – acht Tage nach ›Othello‹.«

Eigene Buchreihe oder eigenen Verlag gründen

Seit 2009 bietet tredition sein Verlagskonzept auch als sogenanntes "White-Label" an. Das bedeutet, dass andere Unternehmen, Institutionen und Personen risikofrei und unkompliziert selbst zum Herausgeber von Büchern und Buchreihen unter eigener Marke werden können. tredition übernimmt dabei das komplette Herstellungs- und Distributionsrisiko.

Zahlreiche Zeitschriften-, Zeitungs- und Buchverlage, Universitäten, Forschungseinrichtungen, u.v.m. nutzen diese Dienstleistung von tredition, um unter eigener Marke ohne Risiko Bücher zu verlegen.

Alle Informationen im Internet: **www.tredition.de/Buchverlage**

tredition wurde mit mehreren Innovationspreisen ausgezeichnet, u. a. mit dem Webfuture Award und dem Innovationspreis der Buch-Digitale.

tredition ist Mitglied im Börsenverein des Deutschen Buchhandels.

Das komplette Archiv auf DVD

Die Gutenberg-DE Edition DVD enthält das komplette Archiv Gutenberg-DE als Offline-Version auf DVD. Die DVD ist im Internet erhältlich auf **http://gutenbergshop.abc.de**

Lightning Source UK Ltd.
Milton Keynes UK
UKHW020639250321
380972UK00010B/640

9 783842 468603